恋する少女にささやく愛は、みそひともじだけあればいい

畑野ライ麦
イラスト＊巻羊

涼《すず》風《かぜ》救《すくい》
図書館で泣いていたところに
三球と遭遇した女の子。
短歌を教えてほしいという三球に
師匠として基本を教えることになるが……
大《おお》谷《たに》三《さん》球《た》
ひたむきに野球に取り組む運動系だったが、
怪我をきっかけに目標を失ってしまう。
気分転換で訪れた図書館で救と出会い
短歌を教わるため弟子入りすることに。

月島《つきしま》手毬《てまり》
三球と同じ学校に通う先輩。
容姿端麗でなんでも自分でこなしてしまう
天才タイプ。実は周囲には話していない
大きな秘密があり……
詩歌《しいか》マリア
個人勢として活動する超絶清楚シスター系VTuber。
視聴者参加型配信を主に行っておりトーク力に長けている。
短歌をきっかけにデビューした彼女の正体は——？

「ぴぁっ……！　え、え……？」
その独特な服装の女の子は
一生懸命本に手を伸ばしながらぽろぽろと涙をこぼしていた

「毎日詠んで、毎日読む
まずはそこからですね」

藤《ふじ》原《わら》詩《し》織《おり》
「お嬢様〜、クッキーは焼けましたか〜？」
「え、もうそんな時間ですか？」

「盗み聞きするつもりはなかったの
ただキミを探してて――」

koisuru shoujo ni sasayaku ai ha,
misohitomoji dake arebaii

恋する少女にささやく愛は、
みそひともじだけあればいい

畑野ライ麦

GA文庫

カバー・口絵　本文イラスト
巻羊

［詞書《ことばがき》］ 十一月三日 文化の日の夜に

『明日のお題ですが、〝恋愛〟にしたいと思います』

『え、またかよ』

私立京英学園《しりつきょうえいがくえん》に通う高校生、大谷三球《おおたにさんた》には仲間がいる。

夏の終わりにはじめた新しい趣味を、ともに楽しむ年下の女友達だ。彼女とはその頃に知り合って以来、毎日こうしてアプリのＤＭでやり取りをしている。

『仕方ありません。先輩の作る短歌には、えと……そう、情緒というものが足りないのです。読んだ人がきゅんとしてしまうような恋の歌を作って、そのあたりの力を養ってください。師匠の指示は絶対です』

『職権濫用してないか』

『何を言いますか。適切な指導です』

そしてその仲間は同時に、サンタの師匠でもある。

ずぶの素人だった自分に一から丁寧に教えてくれた、お節介でお人好しな短歌の師匠だ。

ただその指導法については、サンタにも物申したいことがあった。

最近とある出来事を経てからというもの、お題が偏りすぎているのだ。

『理由はわかったけど、にしても恋愛の出番が多すぎるだろ。もう少しいろんなお題を出してもいいんじゃないか』

『今日のお題は〝雨〟だったじゃないですか』

『そうだな。昨日と一昨日はどっちも〝恋愛〟だったけどな』

つまり今週のローテーションは、恋愛・恋愛・雨・恋愛。さすがに酷使の度合いが過ぎる。

だいたい人がきゅんとするようなものを作れと言われても、お題に沿って作った短歌は、今は師匠にしか見せないことにしている。ということはつまり、出来上がるのは特定の一人にだけ贈る恋の歌。あくまで添削をしてもらっているだけだとはわかっていても、どうしたって照れが先にきてしまう。送信ボタンを押してから、頭から布団《ふとん》をかぶって叫んだことも一度や二度ではないのだ。

「今日という今日は押し切られないからな」

だから今回こそはお題を変えさせようと、サンタは真剣にスマホの画面を見つめた。

恥ずかしいから嫌だという理由を悟られないように、どんなお題でも扱えるようになりたいという嘘《うそ》の熱意を文面に起こしていく。だが渾身の言い訳を書きあげて送信ボタンを押す寸前、不意に着信を示すアイコンが表示された。

「……もしもし」

「あ、えと……こんばんは。その……やっぱり先輩はこのお題で練習するのには抵抗がありますか……？」

　聞こえてきたのは、本気でしょんぼりしていそうな弱々しい声。画面の上ではあんなに自信満々で威張っていたのに、直に触れあうとすぐにこれだ。

　マイクに拾われないよう、喉元《のどもと》まで出かけていた溜め息《たいき》を飲み込んで、サンタはぐしゃっと頭をかいた。どんな言い訳も作文も、たったこれだけで無意味と化すのだからずるいとしか言いようがない。

「……わかったよ。ししょーの指示は絶対だもんな」

「あ、ありがとうございます。じゃあ待ってますからね！　先輩が本番で失敗しないように、わたしでいっぱい練習してください……！」

　たぶんこの先の人生において、短歌で想《おも》いを伝えるなんて特殊なシチュエーションに出くわすことはないだろう。そんな当たり前のことを思いつつも、サンタは了承の意を伝えて電話を切った。

　俺《おれ》に短歌を教えてほしい。

　元々そう頭を下げて頼み込んだのはサンタの方だし、何かを創れるようになりたいのであれば、恥ずかしいなんて感情が邪魔なことくらいわかっているからだ。

「はあ～……」

　ベッドに頭から倒れこむと、さっき飲み込んだ溜め息が全部出てきた。頭の中では、待ってますねという弾んだ声が、まだ延々とリフレインしている。

まったく、夏の時分には考えられなかった展開だ。

『なあ……。女子ってなんでそんな恋愛の話が好きなんだ？』

『別にわたしが好きだから選んでるんじゃありません。でも一般的に和歌や短歌と言えば恋の歌と、古来より相場が決まっているのです』

『あっそ。じゃあこれも一般的な話なんだけどさ』

『はい』

『三十一文字だけあればいいのか？』

思わず聞いてしまったその問いは、前置きしたとおりあくまで一般論としてのもの。

特定の誰《だれ》かに向けての問いかけではなく、たまたま世界のどこかの少年が、文学や短歌が好きな女の子に想いを伝えたくなったとしたら。そんな仮定の話でしかない。

だというのに彼女からの反応はそれきりなくなってしまい、おかしなことを聞いてしまったという後悔だけが胸に残る。


『許します　ただし十万文字分の　想いがそこに込められてるなら』

とても主観的で、なぜか少し上から目線の返事が届いたのは、それからだいぶ後のこと。

ちょうど寝床に入ったサンタが、明日のアラームのセットをしていたときの出来事。

歌の意味を考えて悶々としたまま目を閉じると、いろいろあった夏から秋のことが思い浮かんでくる。

「十万文字、ねえ……」

結局サンタは眠りにつくまでの長い時間を、その思い出とともに過ごした。それがますます入眠を妨げる行為だとわかっていても、自分ではどうしようもないことだった。

初句

koisuru shoujo ni
sasayaku ai ha,
misohitomoji dake
arebaii

九月一日

1

一日が日曜日と重なったことで、九月にまではみ出してきた夏休みの最終日。

「ふーふふふーん、ふふふふふーふふーん」

ふと聞き慣れたリズムの鼻歌を耳にして、サンタは思わず足を止めた。

場所は、三年ぶりにやってきた図書館のエントランス。

曲は、夏の甲子園の大会歌である『栄冠は君に輝く』。

声の出どころはというと、壁際の椅子《いす》に座っている初老の男性だ。

見たところその男は、まるで自宅の居間にいるかのように野球の配信にのめり込んでいた。

小さなスマホから発せられる音量はかなり大きいが、わざわざ注意しようという暇人もいないようだった。

そんな中でサンタだけが、抗《あらが》いがたい誘惑に惹《ひ》かれて近くの椅子に移動する。

場面は六回の裏で、ワンアウト三塁。

ピッチャーはここまで投げぬいてきたエースであるのに対して、バッターは七番打者に送られた代打の三年生。

実況の音声から情報を整理し、頭の中でテレビのように情景を思い浮かべたその瞬間。

「スクイズーッ‼」

アナウンサーの絶叫が、エントランスに一際《ひときわ》大きく響き渡った。

サンタにとっては、その一言だけで十分だった。

見なくともわかる。サードランナーはきっと抜群のスタートを切っている。

ピッチャーは飛びつくようにして弾む球を掴《つか》み、グラブトスでキャッチャーに球を返す。

ヘッドスライディングに対してのタッチプレイ。ホームベース付近にわずかに土煙があがる。

一瞬の間。

真っ黒に汚れたユニフォームのランナーが、球審のコールを求めて顔を上げる。

審判の手が動き、そして――

「あーっと！　アウト！　アウトです光陰高校！　スクイズ失敗！」

「……はっ」

その一連の流れを完璧《かんぺき》に脳内で再生しながら、サンタは無意識に顔を歪《ゆが》めていた。

わざわざ立ち止まったのは自分なのに、これ以上はとても聞いてなんていられなかった。

無意識に漏《も》れた声がため息なのか、それともやっかみからくる悪態なのか、それすら自分ではわからない。ただ配信の音声から受ける苦痛の度合いが、メンタルの耐久力を上回ったことだけが確かだった。

最悪の気分でその場を後にし、ポケットからスマホを取り出して時計を見る。

だが腹立たしいことに、画面にはプッシュ通知で第一試合の結果が表示されていた。

「クソ……ッ、なんなんだよこれ」

苛立ちを声に出して思わず天を仰《あお》ぐ。

振り返ってみれば、抜け殻のような夏休みだった。

夏休みどころか、これからの学校生活にも夢も希望もなかった。

その発端となった五月のあの打席のことを、サンタは今でもはっきりと覚えている。

マウンドにいたのは、同じ一年。将来のエースとも目されている小糸《こいと》。そのライバルと打席で向き合っていたのが、他でもない自分だったのだ。

それは一年としては異例中の異例の出来事で、監督から「お前らちょっと来い」と直々に言われての対決だった。

そこでアピールに成功すれば、今頃《いまごろ》は上級生と同じステージで野球をやれていたかもしれない。だがそんな部内選抜とも言える大切な打席は、サンタの技術不足であっさり決着がついた。

始めてからしばらくのうちは、打ったり打ち取られたり、それなりの勝負をしていたのに。お互いの手の内がわかってきたかなという頃合いになって、サンタが大きなへまをした。

小糸《こいと》最大の武器である外に逃げる変化球を警戒するあまり、鋭く内角をついてきた速球に差し込まれ、自分でも驚くくらい不細工なスイングをしたのだ。腕を窮屈《きゅうくつ》に曲げながらおかしな角度で出したバットは、フェアグラウンドではなく自分の顔面に向けて打球を飛ばした。

そしてサンタの記憶は、ボールの縫い目が緩やかに回転しながら目の前に迫ってくるところで途切れていた。

「動かすな！」

「一年！　保健室に連絡！　走れ！」

強いて言えばバッターボックスにうずくまって痛みに耐えている向こうで、先輩や監督のそんな声が聞こえていたのをうっすらと覚えている気がする。が、それ以上は自分への呼びかけになんと答えていたかすら定かではない。

顔面強打による、眼窩底《がんかてい》骨折。

結局サンタが自分についた病名を聞いたのは、緊急手術の全身麻酔がすっかり抜けてから。意味もわからず病院の天井《てんじょう》を見上げているのを、当直の看護師が見つけてくれたときだった。

あのときと同じように、サンタは図書館の中でひとり天井を見つめていた。

蛍光灯がちらちらと瞬《またた》くたびに、白い視界の真ん中にあの瞬間のことが浮かび上がってくるようだった。

後悔の念は、四か月近く経《た》った今でも消えない。

もしもっと練習をして、きちんとした打撃フォームを身体に染みこませていたら。

大事な打席だからと力を入れすぎず、いつものような自然なバッティングができていたら。

そうしたらあの野球漬けの毎日が、今のようなリハビリの日々に変わることもなかったんだろうか。

たまに物が二重に見えたり、急に視界がぼやけたりすることもなかったんだろうか。

そしてなにより……ユニフォームを脱ぐという決断をしなくても、済んだんだろうか。

不意に目頭が熱くなるのを感じて、サンタは慌てて肩口で顔を拭った。こんなことを繰り返してもう何十日も経っているのだから、心底うんざりというものだった。

頭を振ってその感傷を追い払いながら、自分に言い聞かせるように声に出してみる。

「そうだよ。何か新しいことをはじめるって決めたんだろ」

何がいいかはわからないけれど、今までとは違う、まったく別のこと。

新しい挑戦。

その新しい何かを探しにやってきた図書館で、サンタは気を取り直して本を探しはじめた。

本棚の間を何度も歩き回るうちに、抱えた本は優に十を越えていたが、これだというものが見つからなくて止められなかった。

だがその探し物の途中で、たまたま貸出窓口に近い棚の間を覗《のぞ》き込んでみた瞬間。

サンタは驚きのあまり、呆然《ぼうぜん》と立ち尽くしていた。

「う、うう〜……と、とどかな……ぃ」

目に入ったのは、全身を水色と濃紺でまとめた、和装風のアレンジ衣装に身を包んだ女の子。

その少女が、小さい身体をめいっぱい伸ばし、棚の一番上に手を伸ばしている。だが彼女の小さな手は本の下の方を引っかくのが精一杯で、どうあがいても目的を達成できそうにはない。

今日まで図書館というものを、自分には縁遠い一種の異世界と捉《とら》えていたサンタにとって、それはその幻想がそのまま目の前に現れたかのような衝撃だった。

しかもどういう訳か、その独特な服装の女の子は、一生懸命本に手を伸ばしながらぽろぽろと涙をこぼしているのだ。

「……は」

知らないうちに、そんな息が漏れていた。

ただでさえ穏やかな図書館の時間というものが、今だけは完全に停止したみたいだった。

採光の乏しい、決して明るくない本棚のあいだで、その女の子だけが煌《きら》めいて見えた。

サンタはその光景にすっかり呑《の》まれてしまっていて、我に返ったのは子供用スペースの方から大きな泣き声が聞こえてきたときだった。

しかしおかげで、ようやく頭が回り始める。

それが泣くほどつらいことなのかどうかは知らないが、本が取れなくて困っている人が目の前にいる。やることはひとつだ

「っと……取ろうか？」

「ぴぁっ……！　え、え……？」

ところが女の子の方はというと、サンタの申し出に文字どおり飛び上がるほどに驚いて、それから必死に涙を拭いながら後ずさっていった。

「あー、いや、急に話しかけて悪い。脅かすつもりはなくて、届かないなら手伝おうかって思っただけなんだけど」

「う……あ、ありがとう……ございます。えと……ではお願いしてもいいですか？」

「任せろ。で、俺《おれ》はどれを取ればいいんだ？」

「こ、ここの一番上の棚にある、キミの心の……いえ、右端から……五六七……十二冊目の本をお願いします」

「わかった。『キミの心のすべてに触れて、夜が明けるまで抱きしめて』。これだな？」

「なんで言ってしまうんですかぁ〜〜……!?」

「いや、確認しようかなって思って」

「うう〜……！」

繊細な乙女心というやつだろうか。少女は書名を音読したサンタを涙目で睨《にら》むと、手渡さ

れた本をさっと背中側に隠す。

　だがサンタとしてはそんな小説のタイトルなんかよりも、目の前の女の子の方がよっぽど気になっていた。

　正確な年齢まではわからないが、どう見ても自分よりは年下だと思われる小さな背丈。

　全体的に色素の薄い儚《はかな》げな容貌に、甘ったるい部分と子供っぽい部分が同居した特徴的な声。

　そして乱暴に触れたら折れてしまいそうな華奢《きゃしゃ》な身体を、花柄模様が織り込まれた着物風の上着と、膝《ひざ》丈の女の子らしいスカートで包んでいる。

　怯《おび》えながらじっとサンタを観察している様子などは、今まで出会ったなかでもダントツで小動物のようだ。

　けれどそんな見た目や態度もさることながら、明るい紅茶みたいな色をした目の印象が何よりもずば抜けていた。しかもその綺麗《きれい》な瞳《ひとみ》は、今もまださっきの名残で濡《ぬ》れているのだ。

　どうしてこんな場所で泣いていたのだろう。それが気になって、サンタはその女の子から目を離せなかった。

　一方で、少女は居心地悪そうに身をよじっている。

「あ、あの……？」

「っと、じろじろ見てすまん。もう行くから」

「っ……待ってください、そうじゃないです。えと……その本」

「いっぱいあるけど、どれのことだ?」

「はい。その、えと……」

「えと?」

「その……うう……」

ところがわざわざ引き留められたサンタを待っていたのは、またしても気まずい沈黙だった。

きっとこの少女からすれば、こうして声をかけるだけで、持っている勇気の大部分を使い果たすくらいの出来事なのだろう。

その証拠に彼女は何度か口を開きかけては、小さく頭を振ってまた閉じるというのを繰り返している。

サンタの顔と手に視線を交互に動かしながら、見ていて可哀想《かわいそう》なくらいに言葉を探している。

話すべきか、話さざるべきか。

何を言えばいいのか、何も言わない方がいいのか。

彼女の中でいろんな考えが綱引きをしていて、その結論が出てくるのにはしばらく時間がかかりそうだった。

「俺は困っている」

だからというわけではないが、サンタは彼女とは逆に、これっぽっちも考えずに自分の状況を口にした。

「へ？　あ、そ、そうですよね……。ごめんなさい、引き留めてしまって……」

「違うぞ。俺が困ってるのはそういうことじゃないんだ。少し長くなるが聞いてくれるか」

「え？　わ、わたしでよければ……」

「よし」

引き出したかったその言葉をたしかに聞き届けて頷《うなず》く。

サンタがそれから話しはじめたのは、自分はここに新たに挑戦するものを探しにきたということだった。だが図書館にやってくること自体が三年ぶりという不慣れさもあって、これというものがなかなか見つからないということ。さらにはもし何か夢中になれるものを知っていたら、ぜひ教えてほしいということを説明する。

そんなサンタの様子に思うところでもあったのだろうか。話し終えてふと我に返ると、彼女はいつの間にかサンタのシャツの裾《すそ》をきゅっと握っていた。

「お……？」

そして困惑するサンタにも気づかないまま、思いつめたような表情で顔をあげる。

「そ、それでこんなにたくさんの本を抱えていたのですね。偉いです、立派です……！」

「そうか？　まあそれはどっちでもいいけど、それよりこの中で何かお勧めとかある？」

「そうですね。ええと……『油絵入門』『現代純文学の研究』『彫金超絶技巧集』。あとは『箏曲の手ほどき』に『流派別・生け花の哲学』、『短歌千年史』……。これ、本当にお兄さんがやるつもりなんですか？」

「何か問題でもあるか？」

「ないですけど、見た感じお兄さんは運動が得意そうなので、普通にスポーツ系がいいのでは……？」

「いや、スポーツはダメだ。危ないからな」

「危ない……？」

「とにかく、やるならインドア系の何かって決めてんの。だから図書館にまで来たんだし」

怪我《けが》の部分を伏せながら、探しているものの方向性を説明する。

「なるほど……。だとするとわたしから言えるのは、その中では短歌だけは絶対にお勧めしないということくらいですね」

「なんで？」

「なんでもです。やると不幸になります。保証します」

「へえ……」

「……なんでそんなに見てくるのですか」

「いや。変なとこでムキになるんだなと思って。よし、まずは短歌をやってみるか」

「なんでそうなるのですか……！」

サンタの天邪鬼《あまのじゃく》な返事を聞いて、そこで初めて少女が大きな声を出す。言葉を交わすうちにいくらか慣れてきたのかもしれない。

だが彼女はすぐにそれを誤魔化《ごまか》すかのように小さく咳《せき》ばらいをすると、それからまた澄まし顔で話しはじめた。

「ま、まあわたしには関係のないことですから。お兄さんがやりたいというなら、これ以上無理に止めたりはしません。本当は絶対やめた方がいいと思いますけど……」

「止める気満々じゃねーか」

「それと本当に短歌を始めたいと思うのなら、今持っている本は返してきた方がいいと思います。二階の開架書庫から持ってきたのでしょうが、そこは専門書が並んでるところですので」

「えーっと、つまりこの本は俺にはまだ早いってことか？」

「そうですね、何事にも順番というものがありますから。えと……お兄さんには、まずはあっちの本棚でしょうか」

そう言って、彼女が建物の奥の方を指し示す。

「この真ん中の通路の、突き当たりの一つ手前を右に曲がってください。そうしたらきっと初心者さん向けの本がありますよ」

「そうか。じゃあ行こうぜ」

「えっ？」

「なんだ。一緒にいくんじゃないのか」

「だって、場所は伝えたじゃないですか」

「いやてっきりここはそういう流れなのかなって思って」

「う……」

「それにずっと俺の服摑んでるから、このまま引っ張ってってくれるのかなと」

「あっ、こ、これは違うんです！」

本当に指摘されるまで気づいていなかったのか、女の子が慌ててサンタからまた距離を取る。

しかし本当のことを言うと、サンタもどうしてこんな意地を張っているのかわからなかった。

実際あれだけ詳しく教わればたどり着けるとは思うのだが、このまま「わかったありがとな」で解散するのはなぜか嫌だったのだ。

「そういえば、死んだひいばあちゃんの口癖だったな……。感謝の気持ちを持って暮らしなさいって。人は思いやりでつながっているんだよっていつも教えてくれた」

「急に何を言いだすんですか……」

「この前風に飛ばされてた帽子をとってやった小学生の子は、でっかい声でお兄ちゃんありがとうって言ってくれたな」

「わたしだって、困ってる人を見かけたらお手伝いくらいしますもん……」

「だろ？　俺はさ、信じてるんだよ。酷い世の中だって言う人たちもいるけど、それでも全然捨てたもんじゃないって。まあ、残念ながらそれも今日までかもしれないけどな……」

「もーっ、もうわかりましたよ。こっちです、こっち！」

ひたすら良心に訴えかける作戦が功を奏したのか、彼女はついに観念したように声をあげた。

それから無言でずんずんと先を歩いていき、説明どおり突き当たりのひとつ前で右に曲がる。

「ここです！」

「おお！　こ、これが……！」

本当に拍子抜けしてしまうほどあっさりたどり着いた詩歌《しいか》コーナーの前で、サンタは冒険の果てにようやく宝を見つけたトレジャーハンターみたいに声をあげた。しゃがみこんで、震える手でそっと本をめくる。まさに探し求めていたような入門書が次々に見つかる。

「そうそう！　こういうのが欲しかったんだよなあ！」

「そうですかそうですか。それはよかったです。じゃあわたしはもう行きますからね」

「おっ、こっちのもいいな。あとこれも持って帰りてえな。いや待てよ。つーか図書館って何冊まで借りられるんだっけ？」

「あの……聞いてますか？　もうひいおばあさんとの思い出は守られましたよね？」

少女が何か話しかけてきているのはわかっていたが、夢中になって本を漁《あさ》るサンタの頭にはほとんど入ってきていなかった。

そもそもサンタは単純で、比較的シンプルな性格をしている。楽しければ腹の底から笑うし、うれしいことがあればはしゃいで夢中になる。

だからサンタは今もそんな自分の性質にしたがって、ただ感情のままに女の子に笑いかけた。

「なあ。こういうの読めば、俺でもちゃんと上手《うま》くなれると思うか？」

その瞬間のサンタは、自分が笑顔を向けている女の子は、さっき出会ったばかりだということを完全に忘れていた。まるで生まれて初めてグローブを買ってもらったときみたいに、あるいは新品のおもちゃを自慢する子供のように、素直な興奮と喜びをぶつけていた。

果たしてそれが目の前の少女にどんな感情を呼び起こしたかは定かではない。

ただ事実として、少女はサンタのことを穴があくほど見つめたかと思うと、次の瞬間には再び目の端から大粒の涙をぽろぽろと零しはじめていた。

しかも今回は、必死に押し殺した泣き声まで付属している。

「っ……ぐすっ……ふぇ……う　ぅう…………っ」

「は？　いや待て。どうしたんだ急に」

「うわあああん。ばか、ばかぁあああああああ」

これに慌てたのはもちろんサンタだ。

目の前の女の子がどうして泣いているのか。理由も意味も何もわからなかったからだ。

だがそれらの正解がなんであれ、図書館で急に泣き出した女の子と、それを必死に宥《なだ》めている男子高校生という構図。これが他の利用者に見せる画はひとしかない。

現に近くを通り過ぎる人たちからは、既にサンタを責めるような視線が大量に降《ふ》り注《そそ》ぎはじめていた。

「頼む、落ち着いてくれ。言いたいことがあるなら聞くから」

「短歌なんて、短歌なんて今どき流行らないのです……。わたしはそれをよ～く知ってます……っ」

「そ、そうなのか？」

「ぐすっ……。もう二度と、この本棚の前には……こないつもりだったのに……っ」

「よ、よし。全然わからんがわかった。とりあえず今すぐここから離れよう。な？」

サンタは泣きじゃくる女の子の手を取って、大急ぎで歩き出した。

人気のない場所で落ち着かせて、とにかく泣き止《や》ませる。はじめに考えていたのはとにかくそれだけだったが、少女の手が思ったよりずっと小さくて頼りないことに気づいてからは、そのことばかりが気になっていた。

2

たぶん司書や職員が主に使うのであろう、会議室やトイレが並ぶ長い廊下。

図書館の利用者は滅多に訪れない施設の端の端に、サンタと少女はやってきていた。

歩いているうちに少しずつ落ち着いてきたのか、先ほどのような嗚咽《おえつ》はもう聞こえてはこない。赤い目をこすって、必死に泣き止もうとしている彼女に回復の兆しを感じ取り、サンタは満を持して話しかけた。

「よし、ちょっと深呼吸してみろ。えっと……そうだ名前！　お前名前は？」

「ぐすっ……救《すくい》です。涼風《すずかぜ》、救……」

「じゃあスクイ。よくわからんが、たぶん俺が悪かったんだよな？　その、泣くほど短歌が嫌い、みたいな」

「別にお兄さんが悪いわけじゃないです。だけどあんな顔で、笑ってるのを見せられたら……。ううっ……ふぇ……」

「待て待て泣くな。ほらもう笑ってないし、見てくれこの真剣な表情を」

「……変な顔」

「……作ってるからな」

「……ふふっ」

渾身の決め顔を変顔に間違われたことはさておき、スクイと名乗った少女の方はそれでだいぶ持ち直したみたいだった。一度大きく息を吐いてから、ごしごしと目元を拭って前を向く。

それからまた何かを言おうとしているのか、小さく口を開きかけて閉じる。だが今回の待ち時間は、先ほどよりもはるかに短かった。

「あの……。えと、それでお兄さんの方のお名前は……」

「あ、そうだよな。えっと俺の名前は大谷三球《おおたにさんた》で、高校の一年だ。でもサンタさんとだけは絶対に呼ぶなよ。特にクリスマスシーズンはな」

「サンタさん、ですか……。わたし、おうちで西洋のお祭りとかやったことないから、初めて本物のサンタさんを見ました」

「呼ぶなっつってんのに。つかクリスマス祝ったことないってほんとかよ」

とはいえずいぶんと変わったアレンジをしてまで和装っぽさにこだわっているみたいだから、世の中にはそういう家庭もあるのかもしれない。

それに嫌味のない平坦な口調なのがよかったのだろうか。彼女が口にするサンタさんという言葉には、不思議と怒る気持ちも湧《わ》いてこなかった。

「あ、すみません。じゃあスクイは中学三年ですので、きちんと先輩と呼ぶようにしますね。先輩は本当にサンタさんみたいなので、ちょっとだけ名残惜しいですけど」

「どこがだよ」

「プレゼントをくれるところ、とかでしょうか」

「なんもやらないからな」

その返事を聞いて、スクイがおかしそうにくすくすと笑う。

それから彼女はすっきりした顔でサンタのことを見ると、唐突におかしなことを口にした。

「ところで先輩はうんめ……じゃなくて、運が良いって自分で思ったりすることありますか？」

「まったくないけど」

「そうですか。だけどスクイは今はちょっとだけ信じてます」

「信じる……？　運をか……？」

「あっ。えと、そ、そうです。つまりですね。もし先輩が本気で短歌をやるつもりなら、このわたしが手ほどきをしてさしあげましょうか、という話です。先輩が今日ここでスクイと会えたのは、本当に運がいいことなんですよ」

「てことはつまり……スクイは短歌に詳しいってことか？」

「はい。自分で言うのもなんですが、中学生短歌コンテストなんてものがあったら、優勝以外を取るところが想像できないくらいです」

「わかった。さてはお前、結構話を盛るタイプだな？」

「そんなことありません。訳あって今は短歌づくりをやめていますが、スクイより短歌に詳しい未成年なんてそうそういないと思います。中学生短歌女王と呼んでくれても結構です」

「ほんとかよ」

　こんなところに女王がいるのが信じられなくて、サンタは完全に疑惑の目でスクイを見た。ところがそんな視線を受けても、彼女は前言を撤回しようとはしない。それどころかさっきまでの猫背はすっかりなりをひそめ、堂々と細身の身体には不釣り合いな胸を張っていた。

ドヤ

じっと見つめ続けたらさすがに照れた様子で顔を背《そむ》けはしたものの、かなりの自信があるのは間違いなさそうだ。

「よし。それならさっそくだけど俺に短歌を教えてくれ」

「えっ？　今ここでですか？」

「ああ。具体的に言うと、今ここでその手ほどきってのをしてもらって、俺がちゃんと短歌を完成させられるかを見たい。できるんだろ？」

「……なるほど。これはつまり師匠としてのスクイがどれほどのものか試されている、ということですね？」

「そう思ってもらってもいい。なんか申し訳ないけど」

サンタとて本来なら自分が試す側でないのはわかっているし、不遜な物言いなのも重々承知している。だが相手の力量も知らないまま年下の女の子を師と仰ぐつもりはなかったし、そもそも短歌を続けるかどうかだってまだわからない。だから少なくともそこだけははっきりさせておかねばと思ったのだ。

「いいでしょう、受けて立ちます。ですがその前に、先輩の短歌経験は？」

「小学校の国語の授業で、百人一首を暗唱させられたような記憶はあるな。あと競技かるたが題材の漫画は読んだことがある」

「……とてもよくわかりました」

要するに競技かるたをそこに含めなければならないほど、短歌に馴染みがないというわけだ。

当然スクイにもそれはわかっているのか、困り顔で考え込んでいる。

「ふ、勝ったな」

冷静になればそんな勝負に勝ったところで空しいだけではあるのだが、サンタがそれを自覚するよりも早く、目の前の少女は顔をあげていた。

「そうですね……。では先輩が、ここ最近で一番楽しかったことを思い浮かべてください。時期は近ければ近いほどいいです」

「楽しいことか。最近はあんまないな」

「ええ……。じゃあ悲しかったことでもいいですよ。そちらはどうでしょうか」

「そうだな……。別に大したことじゃないけど、この図書館に入ってきたとき、入り口すぐの椅子に座ったお爺さんが甲子園の配信を見てたんだよ。それだな」

「それの何が悲しかったんですか？」

「それは……なんだろうな」

「……先輩？」

不思議そうな顔で見上げてくるスクイへの答えは、なぜかすんなりとは出てこなかった。自分が嫌な気持ちになったのは間違いないのに、その解像度は恐ろしく低いままだった。なぜ嫌だったのか。何が苦しかったのか。顎に手を当てながら自分の心に意識を向けてみる。

想像でしかないとはいえ鮮明に残っているのは、タッチアウトになったサードランナーの姿だった。そして白いユニフォームの胸から下を、甲子園の土で真っ黒に汚して、悔しさを押し殺しながらベンチに駆け戻っていく様子。

「スクイズに失敗したんだよ、そのチームが。ええと、つまり、作戦に失敗して点が取れなかったわけ。それがさ、なんていうか——」

「はい」

「……羨《うらや》ましいなって、思ったんだ」

「え?」

たとえアウトになったとしても、ホームベース目指して全力で走れた選手が羨ましかった。青春を部活に捧げきって、きちんと勝ち負けという区切りで終われる人たちが羨ましかった。だからサンタは逃げるようにあの場所を後にしたのだ。このままでは彼らへの嫉妬《しっと》心を自覚してしまいそうだったから。

「先輩って……」

どこまで察したのかはわからないが、スクイはそこで申し訳なさそうに目を伏せた。それから黙ったまま、そっとサンタの手に触れる。頼りない手だという印象は変わらなかったが、それ以上にあたたかい手をしていた。

自分の行動に誰《だれ》よりも自分が驚いている。そんな戸惑いを顔に浮かべながら、スクイは囁《ささや》くように言った。

「あの……お題を変えましょうか。それとも、この話自体なかったことに……」

「え、なんで？　このまま続けようぜ」

「いいのですか？」

「何も問題ないけど」

「……わかりました。では先輩。できれば目をつぶってほしいです」

「なんでだ？」

「ここは先輩とわたし以外、余計なものは何もない平和な場所。そう思ってほしいからです」

「よくわかんないけど、わかった」

スクイの囁き声に引っぱられ、サンタも小さな声で返事をする。

真っ暗になった視界は、図書館の入り口で見つめていた真っ白な天井とよく似ていた。だが手の甲から伝わってくるスクイの熱だけが、あのときとは決定的に違っている。

「では……すみませんがもう一度、さっきの話で一番印象に残ってる場面を教えてください」

「タッチアウトになったランナーが、真っ黒なユニフォームでベンチに帰っていくところ」

「長さを半分にしてください。要らない部分はすっぱり捨てて」

「難しいな……。真っ黒なユニフォームのランナー、とかか？」

「ありがとうございます。でもそのランナーはどうして真っ黒なんですか？　黒色のユニフォームのチームって珍しいですよね」

「そうじゃないな。スライディングしたときに土で汚れたんだよ」

「なるほど。じゃあその理由と、ランナーという言葉をつなげてみましょう。甲子園の、からはじめてください」

「えっと……甲子園の、土で汚れた、ランナーが――?」

頭をフル回転させながらどうにかスクイについていくと、いつの間にかサンタが一番注目していたものが、上の句のようなかたちで残されていた。

「完璧です。最後の助詞が〝が〟なのか〝と〟なのか、それとも別のものになるかは、下の句次第ですが」

そう褒めてくれるスクイの声も、心なし満足気に聞こえてくる。

だが逆に言えばサンタが見ていたものは前半で書ききってしまっていて、これ以上何を足せばいいのかは見当もつかない。

ところが自称女王であるスクイの方はそこで少しだけ手に力を込めて、それから今までで一番優しい声で言った。

「気づいてほしいことが……。いえ、本当は気づかせてあげたくないけど、気づいてもらわないといけないことがあるんです」

「なんだそりゃ」

「そのランナーさんは、どうして存在しているのですか？」

「哲学の話か？」

「違います。別の言い方をすると、さっき先輩が話してくれたことの中には、もう一人絶対に忘れちゃいけない人がいるんです」

「わかった。ピッチャーだろ？」

「いいえ。それはランナーと同じで、あっち側にいる人です。あそこで野球をやっていた選手たちは、何人増えたって役割としてはひとつです。なのでそうではないのです。だってスクイには、スクイにはその大事な人のことがちゃんと見えているのですから」

「ああ……、そういうことか」

サンタは賢いわけではないが、そこまで言われてわからないほど鈍くもないつもりだった。

その台詞《せりふ》とともに一際強く握りしめられた手が、スクイの謎《なぞ》掛けに対しての答えだった。

そう、つまりはサンタ自身。

あっち側にいる選手に対して、こっちで見ているだけの自分。

真っ黒にユニフォームを汚した選手に対して、洗い立ての服を着た自分。

立派で尊敬できて憧れの的である選手に対して、平凡で情けなくて何者でもない自分。

彼らに嫉妬する気持ちもたしかにあったが、それだけではなかった。

サンタがずっと目を背けていたものの正体は、挑戦することすら叶わなかった自分への苛立ちだったのだ。

「そうだな……。スクイの言うとおり、なんだろうな……」

出会ったばかりの少女に探り当てられてしまったものは本音であると、認めるしかなかった。嫌いなのは自分。

うじうじと悩んで立ち直ろうという姿勢すら取れない、ひたすらに無力な自分。

スクイが教えてくれたおかげで、サンタは初めてそこに目を向けられたのかもしれなかった。

「……短歌、できたかもしれない」

「聞かせてもらえますか？」

スクイの言葉を聞いて、ずっと閉じていた目を開ける。

なぜかまた潤んだ目をした彼女がじっと見上げてくる中で、サンタは淡々と言葉を紡《つむ》いだ。


「甲子園の土で汚れたランナーを、私服のままの俺が見ている」


土にまみれた英雄を、画面のこちら側で見ているだけの自分。

どこまで織り込めたかはわからないが、ようやく自覚した気持ちをサンタは短歌の文字数にまとめた。

これが上手《うま》いかどうかは知らない。

知らないが、そんなのはもうどうでもいいことだった。

「あのさ、スクイ――いや、師匠。お願いがあるんだけど」

「きゅ、急にどうしたのですか先輩」

「俺に短歌を教えてくれないか。専属師匠として、俺をびしばし鍛えてほしい」

「えと……それはつまり、先輩はスクイのことを認めてくれたってこと、ですか……?」

「そうだよ。スクイはすごいし、短歌ってのもすごいんだなって本気で思った。だから頼む、このとおりだ」

「ちょ、こんな人気のないところで頭なんて下げないでください。これじゃまるで……スクイが告白されてるみたいじゃないですか……」

「なんか言ったか?」

「いいいい言ってません！　というかもういいです。最初に教えるって言ったのはスクイですし、今さらやめたなんて言わないですから」

「そうか、助かる」

「ま、まあスクイの専門はいわゆる近代短歌というやつなので、先輩がやろうとしてる現代語のとはちょっと違うんですけどね。でも親戚みたいなものなのでたぶん大丈夫でしょう」

「ふぅん。よくわからないけど、ちゃんとしてそうだな」

となるとスクイが詠む歌は、きっと百人一首みたいな感じなんだろう。

サンタは勝手に間違った解釈で納得し、頭の中で平安貴族の十二単《じゅうにひとえ》をスクイに着せてみた。いまいち似合ってはいなかったが、実態としてはそれで正解なんだと思っていた。スクイは貴族。歴史の資料集の時代から今日まで生き残ってきた、人間の生きる化石だ。

「よ、よろしくでおじゃる」

「何を言ってるのですか……？」

「……いやすまん。こっちの話だ。それで具体的に、俺は上達するために何をやっていけばいいんだ？」

「そうですね。いろいろ方法はあるのでしょうが、先輩にはまず毎日短歌を作ってもらいます。毎日詠んで、毎日読む。まずはそこからですね」

「作ったのは師匠が読んでくれるのか？」

「そのつもりです。いつ読ませてもらうかは考え中ですけれど」

「いや、そこはそんな難しく考えなくていいだろ。インスタとかＬＩＮＥとか、なんかＤＭ送れるやつ教えてくれ」

「えええええっ」

サンタの何気ない一言に、スクイが大げさに声をあげて驚く。

「いや、俺の短歌が出来たらそのまま送信しておくのが手っ取り早くてよくないか？　そのあとは好きな時間に見てもらえばいいからさ」

「それはそうですけど……。先輩って、誰にでもこういうことするんですか……？」

「変な誤解すんなよ。そうする必要があるから言ってるだけだからな」

「うう……やっぱりおじいちゃんの言うとおり外は危険がたくさんです……」

あからさまに挙動不審なその様子からすると、スクイは本当は個人的なアカウントでつながるのは嫌だったのかもしれない。

サンタがそう反省する程度には、彼女はかなり居心地悪そうに見えた。落ち着かない様子で連絡先を交換してからも、ちらちらとサンタの顔を見ては俯《うつむ》いてを繰り返していた。かと思えば、サンタがじっと見つめ返しているのに気づくと、慌ててぷいっと顔を背けたりもしていた。

正直に言って、よく意味がわからなかった。

「なあ。やっぱり……」

「そ、それじゃスクイは用事がありますので。必要なことはまたこれで連絡してください」

「お、おう。短歌送るとしたら夜になると思うから」

「わかりました。それではまた……っ！」

結局その不自然な態度は最後まで変わることはなく、スクイは嵐《あらし》のような慌ただしさで背を向けて行ってしまった。やっぱり嫌だったのかなと少し落ち込み、こちらから絡《から》みすぎるのはよくないかもしれないなどと考えを巡らせる。少なくとも、必要以上にスクイにメッセージを送るのは避けた方がよさそうだ。

だが入門書を借り、さっきの不思議な和装少女のことを考えながら貸出窓口を立ち去ったところで、さっそくサンタのスマホに振動がくる。

スクイからだ。


『救さんがあなたをグループに招待しました』


「いや、意外とやる気あるのか……？」

思わず独り言を言いながら承認をタップし、『歌会』という名の二人だけのグループに入る。それを確認したのか、すぐにスクイが反応する。

『先輩へ。毎日ひとつでもいいので、ここに短歌を投稿してください』

「わかった、と……」

『スクイはそれを読んで、添削したり感想を言ったり、気が向いたら自分も投稿してみるかもしれません』

『短歌作るのやめてるんじゃねーの？』

『ですから、気が向いたらです』

『なるほど、了解した』

テンポよく返ってくるメッセージの最後にスタンプを送って、サンタはスマホの画面を消した。が、それからしばし考えてもう一度ロックを解除する。閉じたばかりのアプリを開き直す。

『これからよろしく頼むぜ、師匠』
『こちらこそです。よろしくお願いしますね、先輩』

それを見て、無意識にサンタの口元がほころぶ。

「あ――っ。す、すんません」

しかしちょうどその瞬間。スマホを見ながら歩いていたせいで、サンタは向かいから来た女性の通路を塞《ふさ》いでしまっていた。

慌てて謝って道を譲る。けれど女性の方は、珍しいものを見たとでもいうようにサンタのことを観察していて、すれ違って中に入っていこうとはしていない。

「あの、もしかして怒ってますか？」

「あ、ごめんなさい。別にそういう訳ではないの。ただ貴方が持ってる本が気になって」

長い黒髪に、長い脚。すらりとしたプロポーションの綺麗な女の人は、よく通る綺麗な声でそう口にした。その落ち着いた雰囲気からして、サンタは自分より年上だろうと推測した。自分以上、大学生未満。そのくらいだ。

ただその女性は言葉通りサンタ本人にはあまり興味はないようで、視線は借りたばかりの入門書に注がれている。

「その本――短歌に興味があるの？」

「え？　ああ、まあ」

「そうなんだ。がんばりましょうね。それじゃ」

「どうも」

最後に軽く会釈をして去っていく姿は、まるで品のある黒猫のようだとサンタは思った。それからなんとなくどこかで会ったことがあるような気がして、あとからもう一度振り返る。

だが彼女はもう図書館の奥に引っ込んでしまっていて、さすがに追いかけようという気にはならなかった。そこまでしたらただの不審者だし、改めて考えてみても面識は多分ない。

「なんだろうな……」

引っかかっているのは、あの落ち着いた雰囲気や凛とした立ち振る舞いだろうか。それとも声や仕草といった部分だろうか。もしかしたら、知り合いの誰かのお姉さんだったりするのかもしれない。

だがしばらくして、わからないものはわからないという結論に達したサンタは、諦《あきら》めて図書館前のバス停へと歩き出した。

前を見ると、ちょうどひとつ先の交差点を曲がって、帰りのバスがやってくるところだった。

九月二日

俺の色は移りにけりないたづらに　わが身世にふるながめせしまに

『あの……意味、わかって書いてます？』

『……あんまり』

『でしょうね。だいたい先輩の見た目は移ろってなんて――』

『うつろ……なに？』

『な、なんでもありません。そんなことよりも朝起きてこれを見たわたしと、それから何より小野小町《おののこまち》に謝ってください』

『いや待て、これはパクリとかじゃなくてだな――』

『次やったら破門ですからね』


昨日が日曜日だったため、一日遅れでやってきた始業式の朝。

時間に余裕を持って出てきたこともあって、人もまばらな教室に着いたサンタは、さっそく昨日の深夜に送った短歌の言い訳を試みていた。

『まったくもう。怖いです先輩。どんな目覚ましよりもばっちり目が覚めましたよ』

『悪かった。初回だから上手く書きたいって思ったら、逆に何も思い浮かばなくて……』

『……まあ、そのためのスクイみたいなとこもありますし。今回は大目に見てあげます。でも先輩。いい機会だから今ここできちんと伝えておきたいと思います』

『お、おう。何をだ』

『まずひとつめ。今後はこういうことは絶対にしないでください』

『わかった、絶対もうしない』

『それからふたつめなんですが。ひとつめのことを踏まえたうえで、怖がらないでほしいなってスクイは思います』

『なんだそれ』

『つまりその……短歌って三十一文字しかありませんし、普通の人がいつも斬新な視点を閃《ひらめ》くわけでもないので、いいなって思うモチーフや言葉って結構当たり前にかぶるんです。だけどだからといって、それを表現するのを怖がらないでほしい。今回みたいに無理に格好つけようとしないで、素直に自分の言葉で文字にしてください。そうやって作ったら、もし誰かとよく似たモチーフを歌にしたとしても、ちゃんと先輩の短歌になってると思うので』

『下手でもいいのか?』

『大丈夫ですよ』

『俺自身納得いってなくても？　なんだこりゃって笑われそうなやつでも？』

『いいに決まっています。いっぱい失敗してくれた方が師匠冥利に尽きるというものですし、さっきの短歌もあとで一緒に作り直しましょう。その代わり、外に出せないような失敗はスクイ相手のときだけにしてくださいね。練習相手としていくらでも付き合いますから』

『わかった。スクイだけにする』

『まあこれも師匠の務めですので！　よかったですね、先輩の師匠が寛大な心の持ち主で』

DMでのやり取りをはじめてわかったことだが、スクイには意外とこうして調子に乗りがちな一面があった。ただそれは決して不快というレベルではなく、むしろ会話の楽しさにつながるような可愛《かわい》らしいものでもあった。初対面のときよりくだけてきた口調の数々は、サンタとしても受け入れてもらえている気がして普通にうれしい。だがそのまま気分よく長話をはじめそうになったタイミングで、無慈悲にも予鈴のチャイムが鳴った。

慌ててスマホをしまい、会話を切り上げる。返事も何もしなかったが、始業式が始まる時間なんて中学も高校も大差ないだろう。状況は伝わっているに違いない。

サンタはそれから担任がやってくるまで、ぼんやりと今日の分の歌を考えて過ごした。

明日こそはスクイに褒められるようなものを作るというのが、さしあたっての目標だった。

九月三日

校長の長い話が終わるのと　どっちが先か　短歌制作

『先生の話はちゃんと聞いた方がいいと思います』

『あれ？』

この日サンタが送った短歌のテーマは、校長の長話。

朝礼や始業式などにおける最大の問題点を歌にしてみたのだが、スクイからの返事は期待していたのとはだいぶ違っていた。

サンタとしては退屈な時間を有効活用していて偉い、なんて褒められるつもりで送った歌だったのに、生真面目《きまじめ》なお師匠様のお気には召さなかったらしい。

『おかしいな。褒められる予定だったんだけど』

『いえ。さっきのとは別に、褒めポイントもありますよ。きちんと完成させていて偉いです』

『なんか軽く馬鹿《ばか》にされてないか？』

求められているハードルがあまりにも低すぎて、うっすらそんなことを考えてしまう。だがすぐに返ってきた文面を見るに、スクイは大まじめにこれを言っているようだった。

『それは誤解です。何事もまずは完成させること。一番大事なことだとスクイは思います』

『そうか……』

複雑な心境を語尾に託しつつ、とりあえず相槌を打っておく。スクイの言葉はどう考えても初心者をあやしつけるためのもので、野球に置き換えるならバットが振れて偉い、とかそういうレベルの話だと思われた。

ただ、もちろんバットを振らなければ何も起こらないし、すべてはその最初のアクションからはじまる。そういう意味では、スクイに悪意があるわけではないこともわかってはいる。サンタだって、野球を始めたばかりの小学生に教えるならそうする。だから要するにこれは、今のサンタの力量がその程度だということであり、良くも悪くもスクイはサンタのことをとても大切に扱ってくれているということのようだった。

『……いろいろわかった気がするよ。とりあえず地道にやっていくことにする』

『そうしてください。繰り返しになりますが、先生の話は真面目《まじめ》に聞くものです』

『教師目線多いな』

『だってそうじゃないと、スクイが伝えたことも聞き流されてしまいそうじゃないですか』

『いやスクイの話なら全部聞くよ』

何を馬鹿なことをと笑いながら、スクイからのＤＭに返事を打つ。

だがそれはサンタにとっては当たり前のことで、スクイは自分の師匠なのだ。先生、コーチ、監督、師匠という順番で重きを置いていて、その最上位に位置しているのだ。ある程度は時と場合に拠るものの、始業式の訓示程度の話なら、スクイとのタスクに意識を向けるのもまったくおかしいことではない。

ところがそれくらい師匠というものに敬服しているつもりなのに、その師匠はなぜか意味のわからないことを言い出していた。

『……先輩のせいでスマホ落としました。反省してください』

『意味がわからないんだが』

『反省の色が見られないです。せっかく次に会ったときはたくさん褒めてあげようと思っていたのに』

『待て。なんだその話は』

『だって最初に言ってたじゃないですか。……スクイに褒められたかったんですよね？』

「は？」

思わず口から漏れていた言葉とともに、今度はサンタの方が手を滑らせてスマホを落としかける。本当なら最速で否定したいところだったが、そのせいで微妙にタイミングを逸してしまう。

しかもその間の沈黙を肯定だと受け取ったのか、スクイはほくそ笑むようなスタンプとともにまたメッセージを送ってきていた。

『すぐに変なこと言うのはやめて、もう少し良い子になってください。そしたら今度会ったときに頭撫でてあげますから』

「ちょっと待て。もしかして俺、子供扱いされてる……？」

たった今気がついた重大な事実に愕然とする。

たしかにログ上には褒められる予定だったなんて戯言《たわごと》がばっちり残ってしまっているが、子供扱いというのは想定外だった。というかあんなに小さい年下の中学生に子供扱いされるなんて、さすがに沽券《こけん》にかかわるというものだった。本来ならむしろ、こちらが撫でてやるくらいの身長差なのだ。それを考えれば、こんな倒錯的な関係なんてとても受け入れられない。

「覚えとけよ、さっきの台詞……」

かくなるうえは、スクイの想定を上回るスピードで上達し、驚かせてやるしかない。

そのときのスクイのリアクションを想像しながら、サンタはネットの短歌講座などを必死に漁りはじめた。自分では気づいていなかったが、毎日少しずつ、いろんなモチベーションが芽生えてくるような感覚に胸が躍っていた。

二句

koisuru shoujo ai sasayaku ai ha, misohitomoji dake arebaii

九月八日

先日の決意を胸に秘めたまま、スクイとの歌会は続いていた。
その間サンタの腕前が急激に上昇したということはもちろんなく、スクイの態度もよく言えば優しいままで変わっていない。
だがあれから五日ほどが経《た》ったこの日の夜。
サンタには、かねてより温めていたある秘策があった。

【聖母】詩歌《しいか》マリアの短歌ちゃんねる【初配信】

何かというと、たった今スマホの画面に表示されている配信だ。
あの日こっそりと短歌の練習になりそうなものを探していたところ、偶然にもこの配信者が今日デビュー予定だということを知り、以来ずっと心待ちにしてきたのだ。ＳＮＳも当然フォロー済みで、もはや最古参の一人であると言っても過言ではない。

今は配信画面の中央に『これからやりたいこと』という箇条書きのプレゼン資料が表示されていて、右端に配置された2Dアバターの配信者が、綺麗《きれい》な声で一生懸命その説明をしている。

「へえ……」

その話を聞く限り、どうやらそこは本当に短歌を主なテーマとしてやっていく予定のチャンネルらしい。

配信者は金色のふわふわした髪型が特徴的な、綺麗で優しいお姉さんといった見た目。シスター風の衣装を活発にアレンジしたような独特のデザインで、はきはきした話し方ととてもマッチしている。

だが残念ながら視聴者数の方は、印象の良さとはあまり一致していないみたいだった。

そのおおよその人数は、リアルタイムで二十数名。サンタはそれほど配信のことに詳しいわけではないが、コメントの少なさなどから察するに、厳しい船出となっているのは間違いない。

履歴を遡《さかのぼ》ってみても、チャット欄には『こんばんは』とか『はじめまして』みたいな通り一遍の挨拶《あいさつ》があるくらいで、それ以外もほとんどただの相づちで埋め尽くされている。

それでも画面の中の配信者はやる気に満ちた声で、明るく話し続けていた。

「さて。ということであたし――詩歌マリアはこれから、みんなと短歌を通じてコミュニケーションしていきたいなって思ってるの。もちろん合間合間で雑談したり、ゲームとか歌をやることもあるかもしれないけど」

はじめまして、
詩歌マリアです！
MENT
んにちは
じめまして
見です
見
じめまして～
ーカイブ残る？
わいい
っっっｋ
んうん
歌？
うた楽しみ

『なんで短歌なんですか』

「それはもちろん、あたしが好きだからよ」

『なるほど』

『なるほど』

『一番大事なやつ』

　その明け透けな回答に好感を持ったのか、チャット欄に数名のリスナーが新たに顔を出す。するとマリアはそれを待っていたかのようなタイミングで「ちょっとだけ補足するとね」と前置きし、再び流暢に語りはじめた。

「短歌って言っても、あたしはこの配信で芸術的に素晴らしいものを突き詰めていきたい、みたいな気持ちは全然ないの。それよりもみんなが怖がらずに、自分の言葉で表現してくれることを期待してる。そうだ——突然だけどみんなは、SNSって何をやってる?」

『インスタとLINEと、一応Xかな』

『めんどくせーって思いながら五個くらい使ってるかも』

『そもそもこの配信もSNSですし』

　リスナーが思い思いの回答をチャットに流す。

「そうね。今みんなが挙げてくれたとおり、世の中には本当にたくさんのコミュニケーションツールがあるわ。この配信も広い意味ではそう。動画やライブ配信を使ったSNS。だけどあたしは、そこで使われる手段のひとつに、いつか短歌っていうのを付け足してやりたいって思ってる。だって短歌って、誰《だれ》かに気持ちを伝えることが本当にとっても得意なのよ。千年以上続いてきただけあって、ポテンシャルは折り紙付きなんだから」

『どういうこと?』

ちょうど同じ疑問を抱いたサンタの気持ちを、どこかのリスナーがチャットで代弁してくれる。そしてマリアは本当に短歌のことが好きで、その可能性を信じているのだろう。2Dのアバター越しでもわかるくらい鼻息も荒く、そこに疑問なんて一欠片《ひとかけら》もないのだということを、間髪入れずに力説しはじめた。

「考えてもみて。今のSNSで一番注目を集めるのは画像よね? みんながよく使うインスタもXも、一番多くビューを稼ぐのは画像。面白《おもしろ》かったり、息をのむほど美しかったり、もしくは本当に空想を描き起こしたイラストだったり」

『それはそう』

『だね』

「そして画像に続くのがTikTokとかYouTubeみたいな動画。決定的瞬間を映した動画とか、可愛《かわい》い子たちが踊ってるショート動画とか」

『うんうん』

『でもそれがなんなの』

「そう。あたしが言いたいのは、つまりこういうことなの。人の注目を集めるには、今はとにかく視覚が命。イラストや写真は一目見れば一瞬で理解できるし、動画だって再生してからすぐに結論が流れ込んでくる。情報量が多くて、それなのにわかりやすくて、お手軽に楽しめる。タイパ最高だし、そうなるのも当たり前っていうのもわかってる。だけど、文字は違うわ」

『違うの？』

「ええ。だって文字は面倒くさいでしょう？　時間あたりの情報量は少ないし、それなりの作品だったら読むのにだって労力が掛かる。漫画は今でもたくさん売れるけど小説はあんまり売れない。映像化のサブスクが伸びたって、原作小説まで手を伸ばしてくれる人なんて微々たるもの。実際あたしはイラストも小説もかくけど、小説のＰＶ数なんてイラストの十分の一以下よ。だからはっきり言うと、文字は時代に嫌われてる。苦手意識を持たれちゃってる。みんなも今まで漫画と小説のどっちをたくさん読んできたか考えたら、あたしの言ってることにも頷《うなず》いてくれるんじゃないかしら」

それはたしかに納得のいく話で、サンタは思わず自室の本棚に目をやった。悲しいことに、そこにはたしかに小説なんてほとんどなくて、ほぼ漫画専用の収納棚と化している。

現代文は嫌いじゃない。というより、五教科で唯一得意かもしれないサンタでさえ、わざわざ文字の多い本を買って読むという習慣はほぼないのだ。

『たしかにね』

いようだった。


『圧倒的に漫画だわ』

『私は小説も好きだけど、でも量で言ったらたしかに漫画の方が多いかも』

コメント欄でも賛同の声が流れていて、その点においてもマリアに異論がある視聴者は少ないようだった。

だからこそサンタも他のリスナーも、マリアの話の続きが気になってくる。

「そうよね。だけどお待たせ、ここでようやく短歌が出てくるのよ。なんでかって言うと、短歌は簡潔に気持ちを伝えるのがとっても得意だから。日本語の音韻のリズムを突き詰めて、感情を表現することに特化しながら受け継がれてきたものだから。たとえば短歌は、本当は好きに紡《つむ》いでいい言葉っていうのを、あえて五七五七七っていう三十一文字に押し込めてるわ。これは一定の形式の中に収めることで、読む側のコストを下げる効果があると思うの」

『でもそれだったら俳句の方が短いよ』

「あら、いいツッコミね。あたしの持論だと、たしかにいま話したことは俳句でもいいわ。あれももちろん素敵な文芸だし、やりがいもあると思ってる。だけどここだけの話ね――」

『なんだ……?』

『俳句ってなんかやべーの?』

「ええ……ここだけの話だけど、俳句は五七五。……十七文字って、自分でやってみたらめちゃくちゃ少ないのよ」

『いやそんな理由かーい』

『当たり前すぎて草』

『ええ……』

「あら。みんな笑うけど、これは本当のことだと思ってるわ。十七文字っていうのは素人がやるには短すぎて、伝えたいことを表現するのにちょっとだけ足りない。そのちょっとだけに立ち向かえるようになったら絶対に楽しいんだけど、初心者に勧めるには敷居が高いかなって思うの。その点、短歌なら三十一文字もあるんだから、もっと自由に言いたいことが言えるわ」

『はー、なるほどなあ』

『言いたいことはわかった』

チャット欄に流れてくるコメントは、ここまでずっとサンタの感想とほぼ完全にシンクロしていた。それだけマリアの問題提起と解答が整然としていて、リスナーの思考が上手《うま》く誘導されているのかもしれなかった。現にサンタもマリアの話を聞いて、短歌とはそんなにすごいものだったのかと見直す気持ちになってきている。マリアの作った短歌なら、ぜひとも一度聞いてみたいというような気さえした。

「ごめんなさい、ちょっと水飲むわね――。さて、ということでみんな、短歌のポテンシャルについてはわかってもらえたかしら。何度でも言うけど、短歌はすごいわ。短歌を取り入れることで、ただの文字投稿でも文章版のインスタにみたいになれる。おしゃれで簡潔で、秒で内容がわかって、感情を揺さぶってくるものになれる。だって短歌なら、イラストみたいにほぼ一目でわかるのよ。少し見ればわかる。勝手に頭に入ってくる。しかも短歌自体がキャッチコピーみたいなところもあるから、イラストやショート動画と合わせても相性が良い。これがどれだけ重要か、この配信にいる人たちならとっくに知ってるはずよね？」

初配信にして堂々たるその演説は、マリアが短歌に向ける熱意の証明でもあり、いつの間にか視聴者は三十名を超えていた。配信中にどれほどの人が離れていったかは定かではないものの、ふらりと見にきたリスナーをそれ以上に獲得したのは明らかだった。

拍手の絵文字がいくつか流れていくのを見て、サンタも同じことをしたいと素直に感じた。その人は前向きでキラキラしていて、画面越しでも溌剌《はつらつ》とした輝きに溢《あふ》れていた。拍手のひとつやふたつ贈りたいし、少なからず感動していることが伝わったらもっといい。

「いや……でも違うか。たぶん、そういうことじゃないんだよな……」

だが目当ての絵文字を見つけてチャット欄に打ち込んだところで、サンタは手を止めて考え込んだ。

絵文字を打ち込めば見たままの意味がマリアに伝わるし、配信のチャットという場でやるならそれが一番最適な伝達方法であるのは明らかだった。

けれど違うのだ。マリアはリスナーに向けて、一生懸命言葉で大切なことを伝えようとしていた。直接そうは言っていないものの、絵だけじゃない、文字でのコミュニケーションの可能性をずっと訴えていた。

だからサンタは、たとえこの瞬間は絵文字を使うのが正解なんだとわかっていても、なんとなくそれをしたくない気がした。一度全部消して、かわりに正直に文章で伝えたいと思った。

「……いや、でもこれ」

あまりにも難しすぎる。

まだ初対面の、しかもこちらが一方的に認知してるだけの相手に向かって、自分だけがポジティブな賞賛の言葉を投げるのは思いのほか敷居が高かった。それでなくとも、打ち込んだ言葉は全世界に向けて完全に公開され、変なことを言ったら場の空気まで凍るに違いないのだ。ネットの文化に詳しくないサンタにとってそれは純粋に恐怖だったし、いい具合に盛り上がってきた配信の邪魔をしてしまうのも恐ろしかった。

「みんなありがと。褒めてもらえてうれしいわ」

結局サンタが悩んでいるうちにマリアがその話題をしめ、タイミングは完全に失われた。

見逃し三振をしたときのような脱力感を感じながらも、どこかほっとしている自分もいた。もっと積極的にこの配信に参加したいという気持ちと、慣れないことはやめておいた方がいいと怖がる気持ちが同居していた。

だがそんな煮え切らない一般高校生リスナーとは対照的に、マリアは迷いなんてどこかに忘れてきてしまったみたいに突っ走っていた。

「それじゃみんなに短歌の素晴らしさが伝わったところで、軽く募集してみようかしら」

『は?』

『募集って、今から短歌を?』

『初配信から視聴者参加型ってマジ?』

「もちろん大マジよ。みんなとコミュニケーションしたいって、はじめに言ったでしょ? はい。今チャット欄に投稿フォームを固定したから、ぜひ短歌を考えて送ってみてほしいわ」

『いやハードルたけー』

真っ先に流れてきたコメントが示すように、マリアの初手リスナーからの短歌募集は明らかに暴走だった。

サンタもそう思ったし、たぶん視聴者のほとんどが同じことを感じたに違いなかった。

その証拠にそれなりに増えていたチャットがマリアの投稿依頼を境に一気に遅くなり、互いに腹を探り合うような重苦しい空気に包まれた。

誰も彼も本当は全然別の場所にいて、ただ同じURLを開いているだけだというのに、学校の教室みたいな空気になるのは不思議だなとサンタは思った。

だが実際にマリアの配信は今、誰に当ててくるかわからない数学の授業みたいになってしまっている。目立たないように。指名されないように。今日がたまたま自分の出席番号に関連する日じゃないように。この居心地の悪さとヒリついた雰囲気は、まさにあの瞬間のそれだ。

「えっと、よければ誰か投稿してくれたらうれしいんだけど……」

そしてさらに困ったことに、マリアはこの即興での短歌制作を諦《あきら》める気はないようだった。

おそらくは代わりのコンテンツを用意していないのだろう。今までは完璧《かんぺき》な時間配分と演説でリスナーの心を摑《つか》んでいたのに、ここにきて深刻な計算違いが生じてしまっているようだった。

「だ、誰か～……？　いないかしら～……？」

彼女は困り果てた声でそう呼びかけていたが、一度冷えてしまった空気はそう簡単に持ち直ったりはしない。

それどころか、先ほどまで四十人に迫ろうとしていた視聴者数がぐんぐんと減っていき、十分もたたないうちに二十人を大きく割り込んでしまっていた。メインコンテンツだとマリア本人が言っていたところでピーク時の半分以下というのは、あまりにも気の毒に思えた。

「おいおい。こういうときってサクラとか仕込んどくもんじゃないのかよ……」

まるで自分のことのように気が気じゃなくて、サンタの口から声が漏《も》れる。

「えっと、どうしようかしら……」

震える声をごまかしながら場をつなぐマリアの姿と、かつての自分の姿が重なって見えた。

それはたとえば、大差の負け試合。

次々に席を立って、球場を後にする観客の後ろ姿を見ていたあの気持ち。

応援の声がどんどん小さくなっていく、言葉にできないくらいのあの恐ろしさ。

残りの回が、希望ではなく絶望として伸し掛かってくる、やるせないほどのあの無力感。

久しぶりに思い出したその苦《にが》みに突き動かされて、サンタは突然ベッドから身体を起こした。

それから過去に作った自分の短歌を思い起こし、迷いながらも投稿フォームにそれを打ち込む。

頭の中にあったのは、スクイにも伝えた甲子園のワンシーン。

スクイズにヘッドスライディングしたランナーが、土煙の中で球審を見上げたあの瞬間だ。


甲子園の土で汚れたランナーを　私服のままの俺《おれ》が見ている

下手でも文字数が余っていても、ほとんどスクイに導いてもらったものだとしても。それでも今すぐどこかの誰かに見せる歌を選べと言われたら、サンタの中ではこれしかなかった。

それをもう一度自分に確認したあとで、思い切って投稿ボタンを押す。

「あ！」

すぐにマリアが気づき、びっくりした声をあげる。

チャット欄もその小さい悲鳴の意味をすぐに察したようだった。

『お？』

『まさか？』

『勇者いた⁉』

萎《しぼ》みかけていた配信の灯がわずかに勢いを取り戻していく。

だがマリアはそんな空気にはまったく気づいていない様子で、訝《いぶか》しむ視聴者を他所にしばらく黙りこくっていた。

「あっ、ご、ごめんなさいね。今ちょっと、リスナーさんに短歌を送ってもらって、それをずっと読んでいたの」

『一分以上も？』

「ええ。ちょっとじっくり考えたいなって思ってしまって。……読むわね？」

「おいおい、変なこと言うなよ……」

ただでさえ投稿第一号なのに、もったいつけるせいで変にハードルがあがってしまって、サンタは気が気じゃなかった。だが投稿ボタンを押した時点で、人前に晒《さら》す権利を委《ゆだ》ねたのもまた事実で、今さら取り消しなんて利くはずもない。


甲子園の土で汚れたランナーを　私服のままの俺が見ている

もう一度腹をくくったサンタは、マリアがゆっくりと自作の短歌を読みあげるのを、刑の執行を待つ死刑囚のような面持ちでじっと聞いていた。やっぱりやめておけばよかったなんてことも思ったが、そんなのは後の祭りだった。チャット欄の反応もいまいちで、本当は今すぐにでも配信を消して走り出したいくらいの気分だった。

それなのにマリアは本当に上機嫌で、幸せを嚙《か》みしめているというくらいの口調で言った。

「うん、そうね……あたしはこの歌、とっても好きよ」

「え？」

驚きのあまり、サンタは届くわけもないのに思わず聞き返していた。

「一応言っておくと、初めて投稿してもらったからじゃないわよ。そうじゃなくて、純粋で、真っすぐで、気持ちが伝わってくる気がしたから。だから好きなの」

『あー、ちょっとわかるかも』

『そうか～？　そんなに伝わる？』

「ええ、たしかにかなり想像力で補わせてはもらったけどね。あたしが最初に感じたのは、これの作者さんはすごく〝服装〟にこだわってるなってこと。選手たちが頑張ってる姿でもなく、球場で応援してる人たちでもなく、私服のままの自分にすっごく焦点が当たってる」

『たしかに』

『それはそうかも』

「だからそこからの想像だけど、きっとこの人も野球部だったんじゃないかしら。だけど負けちゃった。甲子園には出られなくて、それがすっごく悔しくて、たどり着けなかった場所にずっと未練を持ってる。だってクロスプレーってあれでしょ？　あたしは野球に詳しくないけど、攻撃側がホームにずさーって走ってくるやつ」

『そうそう』

『交錯プレーとも言うね』

「そうよね、ありがと。でもそうすると、滑り込んでくる人のユニフォームは土で汚れちゃうはずなのよ。でもその真っ黒さは、ただの汚れなんかじゃない。選手にとっては勲章みたいに誇らしい、自分たちが成し遂げてきたものの証。だからこそその汚れたユニフォームが、この投稿者さんには眩しいんだわ。そこにたどり着けた球児たちと、たどり着けなかった自分を比べてしまうから。まっさらな私服のままの自分は、何も成し遂げられなかったんだと思い知らされてしまうから。だけど、だからこそあたしはこの人に伝えてあげたい」

マリアはそこまでひと息で言い切ると、一度言葉を区切って、まっすぐに正面を向いた。

見えている訳がないのに、まるでサンタの目を見て話そうとしているみたいだった。

「きっと本当に頑張ってきたのよね。偉いわ」

「……っ」

「何かを心から悔しいと思えるのは、それに心から打ち込んでいたからだって、あたしは思ってる。だからこんなにも悔しがってる投稿者さんは、きっと本当に真剣に野球をやってきた人なんだと思う」

「そうだよ……当たり前だろ」

小学生の頃からずっと。

遊ぶ時間すらほとんど捨てて、ただ野球だけに賭《か》けてきたのに。

「だからね、たとえ負けてしまったんだとしても、過去の努力まで否定しないでほしいと願うわ。あなたが費やしてきた時間も努力も、あなたという人間の魅力にきっと繋《つな》がってる。だって、だからこそこうやってあたしのところにまで届いたのよ・何かに真剣になれる人というのは本当にかっこいいって思う。あたしも、いつかそうなりたい」

「は、ははっ……なんだよそれ。なんだよ……」

マリアの考察がどれくらい正しく自分を捉《とら》えているかはわからなかったが、サンタの気持ちに寄り添うには十分すぎるくらいだった。

一番大事な部分はしっかりと歌から読み取ってくれていて、そして一番言ってほしかった言葉をサンタに投げかけてくれていた。

身近な人間には意地を張って認められなかったこと。サンタは野球が本当に好きで、未練があって、どうしようもなく悲しんでいるということ。それをあんな稚拙な三十文字強から読み取ってくれるだなんて、サンタは少しも想像していなかった。

『泣いた』

『泣いた』

『俺ちょっと今から野球はじめてくる』

そんなマリアの人となりは、視聴者の大半にもしっかり伝わったようで、チャット欄は今日一番の速さで流れていた。

そして当のサンタ自身も、またしても胸の内が誰かに伝わってしまったことに驚いていた。

前回のときはただスクイがすごい奴《やつ》なんだということで納得していたが、マリアやリスナーにもそうだというのなら、それはやはり短歌自体がそういうものなのだと思うしかない。

まるで相手エースの決め球を、バットの芯《しん》で食ったときのような手応えがあった。

たったの一回しか押せないことを口惜しく思いながら、サンタはチャンネル登録と高評価をタップした。詩歌マリアという配信者がこれからも元気に活動してくれるよう、出来る限り推していくつもりだった。

九月十七日

「みんな久しぶり。三日ぶりね」

『こんばんは』

『こんマリア』

『こんマリ～』

まだ足並みのそろわないリスナーの挨拶がゆっくりと流れていく、火曜日の二十二時。

本人の言葉どおり三日ぶりとなる配信を流しながら、サンタは英語の課題に取り組んでいた。なにしろ部活をやめたことで、今学期からスポーツ特待を外れる。そうなれば下駄《げた》をはかせてもらっていた学業の方も、今までと同じという訳にはいかなくなる。最低でも赤点だけは回避していかないと、スクイと同学年になるという悪夢のような状況に陥《おちい》りかねない。

だがサンタのそんな真剣な決意は、不意に聞こえてきたマリアの台詞ひとつで綺麗さっぱり消え失せてしまった。

「――ということでそろそろ、みんなから募集した短歌を紹介していこうかしら。初めての人もいるかもしれないから、一応おさらいしておくわね。うちの配信の定期コーナーとして、みんなが作ってくれた短歌を紹介して、読み込んでいくってことをやっているの。お題は毎回配信の最後に発表するんだけど、今回の募集テーマは『学校生活』」

「……きたか」

なぜそんな反応になったかというと、マリアのこの企画にサンタも投稿しているからだ。といっても、もちろん自作の歌に自信があるわけではないし、それどころか自分は下手だという自覚もある。だがスクイに毎日短歌を見てもらっているという事実。それからもう既にネットを通じて自作の歌を全世界に晒したことがあるというのもあって、投稿するという行為に忌避感がないのはサンタの強みでもあった。

「みんなから送ってもらった短歌は、配信で紹介できなくても全部読んでるからね。読むっていうか、噛みしめてるから」

『それはうれしい』

『ほんとかよ』

『一万通の投稿が来たらどうする?』

「読み切れないくらい大量にきちゃったら、それはそのときに考えようかしら。でもそこまで言うなら、みんなの次回の投稿数に本気で期待しておくからね?」

『ごめんなさい』

『言いすぎました』

『がんばるけど一万は無理』

「ふふっ、よろしい」

チャット欄と軽口をたたきあうマリアを見て、機転の利《き》く人であることに改めて感服する。

だが画面のこちら側でサンタがそんなことを考えているなんて少しも知らないまま、マリアは続けてとんでもないことを口にした。

「ということで今日紹介する短歌の一発目は、初配信のときにもいた人からの投稿ね」

先輩のキャッチボールのパートナーは　半年前の俺の相棒

まさかと思った瞬間にはもう、マリアはサンタの作品を読み上げていた。

スクイとの最初の歌会に出した酷い出来のものを、事細かに教わりながら直した歌だった。

『おお～』

『何これ切ない』

『辞めちゃった人なのかな。それとも略奪？』

しかしその甲斐あってというべきか、リスナーたちの反応は前よりも明らかにいい。特定の個人に褒められるのとはまた違う、ちょっとした自信になりそうな感覚に脳が痺《しび》れてくる。

だが肝心のマリアの言葉は、前回よりはるかに辛辣だ。

「うん、そうね。でもあたしは、この短歌あんまり好きじゃないの」

『意外』

『前のよりいいと思う』

『俺は好き』

一方でコメントは今回はサンタの味方で、マリアと真っ向から対立している。

「いや、だって……この短歌、パートナーが誰とか感性がけっこう女性的だし……。はっきり言うと、あたしじゃない他の女に教わってる匂《にお》いがする」

『は、こわｗｗｗ』

『草』

『ヤンデレ助かる』

「ふふ。っていうのは冗談だけどね。でも前回はその場で即興で作ってもらったけど、今回は考える時間がたくさんあったから、そのあたりの違いなのかもしれないわね」

『それはある』

『即興はほんとに難しい』

『前回は送れなかったけど、今回は自分も作って送れましたよー』

　コメントとマリアの掛け合いは和気あいあいとした雰囲気で進み、マリアはサンタの投稿作の後も、順調に短歌の紹介と自分なりの解釈を解説していった。配信の空気はすっかりとできあがっていて、リスナーのほとんどはこのチャンネルの成功を感じ取っていた。

　ただ一人サンタだけが、あまりにも鋭いマリアの読解力に冷や汗を流していた。

「いや……女の勘、こっわ……」

　特に他の女の匂いという部分に背筋が凍るような思いをしたサンタは、思わず配信の画面から目を背《そむ》けて呟いていた。ただマリアの読み自体はあまりにも正しくて、恐怖と同時に畏敬の念すら湧《わ》いていた。尊敬できる人というのは野球をやっているときにもいたが、マリアもまたそういう枠の中にいる人だという気がした。

　短歌のコーナーが終わり、それから雑談を経て配信が終わるまでの約二時間。

サンタは何度もその気持ちを直接言葉にしようとチャット欄にコメントを打ち込み、とうとう最後まで送信のボタンを押せなかった。上手《うま》く言えないが、短歌を投稿するのとはまた違った心理的な壁があると感じた。だいたいチャット欄には流れがあるので、どんなコメントにも然《しか》るべきタイミングというのがある。

「次の課題だな……」

次回こそはそのタイミングを逃さないようにすることを誓いながら、サンタはようやくそこで、英語の宿題が少しも進んでいないことに気がついた。

「最悪だ」

スクイに送る短歌も出来ていないし、時間ももう日付を跨いでいる。

それでもマリアなら、こんな状況でもきちんとやるべきことをやってから寝るに違いない。

そう思うと、泣き言をいうような気分ではなくなっていた。

九月十八日

1

憧《あこが》れの人にリプライできなくていいねだけ押す　なにもよくない

午前一時すぎに布団《ふとん》の中で送った歌に返事がきたのは、例によって翌朝の通学時間帯。

『あの。スクイは先輩にいいねとかしてもらったことはないんですけれども』

『何言ってんのお前……？』

夜に送って朝に読んでもらうというのは近頃の二人の定番の流れでもあり、通学時間中にスクイが感想をくれるのもよくある光景ではあった。しかし今日に限っては、スクイの言葉がいまいち要領を得ない。

サンタは赤信号で止まる度にスマホの画面を確認し、遠く離れた場所でぷくーと頬《ほお》を膨らませているであろうスクイの相手をしていた。

『だってこれ、憧れの人って。でもスクイいいねされてないですよ……？』

『じゃあ聞くけど、スクイって普段からＳＮＳに投稿とかしてたっけ？』

『あんまりしてないです。してないですけど、先輩からそういう感情を向けられていないことを今ひしひしと感じています……！』

そこまでわかっていて他に何がわからないのか、スクイは不満げにスタンプを連投していた。

しかし事実として、サンタがスクイに向ける気持ちは憧れとは少し違う。

それをどう当たり障りなく誤魔化《ごまか》すか考えてから、サンタはまた指を動かした。

結果的に特に何も思い浮かばなかったので、すべてをスクイに委ねることにしたのだ。

『もしかしてなんだが、スクイは俺のことをちょっとバカだと思ってないか』

『……オモッテマセンヨ』

『おい。ていうかそうやって見くびってるから、裏の意味を取りこぼすんだぞ』

『えっ？』

『もっと俺の気持ちになって考えてみてくれ。そこでスクイが見つけた答えがきっと正解だ』

『それって……。はっ、まさか先輩って……すっごく照れ屋さんですか……？』

『まさかだな』

サンタとしてはそんな場違いな単語がここで出てくることがまさかであって、「そのまさかだ」という意味で口にしたわけではなかったのだが、叙述の妙でぎりぎり嘘《うそ》はついていない。

しかしそんなことを知るよしもないスクイの方は、しっかり意図を取り違えたまま新たな解釈に突っ走っていた。

『そっか、そうだったんですね……。つまり先輩は、わたしがSNSをあんまり使わないせいでいいねを押すチャンスすらないから、それがつらくて……。もっとスクイの日常が見たいよ、いろんな面を知りたいよって、そういう想《おも》いから生まれたのがこの短歌ということ……！』

『すげえなお前』

もちろんこの場合の〝すごい〟も、指摘が当たっていてすごいではなく、スクイの妄想力が豊かすぎるという意味に他ならない。が、もちろんここでも余計なことは口にしない。

『ふふっ……ふふふふ……わかりました、すべてを赦します……。だいじょぶですよ。スクイは照れ屋さんな先輩もちゃんと受け止めますから――――！』

『それは良かった』

案外ちょろいなこいつなどと思いながら、サンタはそこでやり取りを切り上げた。ちょうど赤信号が変わって歩行者も歩き出したところだったし、スクイに反応していたらいつまで経《た》っても終わらないと確信していたからだ。

というかスクイの妄想に触れていると、なぜか自分まで胸がざわざわしてくる。

「……つかなんだよ、裏の意味って」

自分で言っておいてなんだが、どうしてそんな単語が思い浮かんだのか意味がわからない。

首をひねりながら、サンタはようやくたどり着いた校舎脇《わき》の道で自転車を下りた。近くを歩く生徒たちは顔を寄せ合って、ショート動画を見ているようだった。サンタも目にしたことがある。可愛い服を着た同じ年くらいの女の子が、流行りのダンスを披露するあれだ。

だがその音声を耳にしたサンタの脳裏に浮かんだのは、なぜかその踊り手がスクイにすり替わっている映像だった。

サンタの勝手なイメージを反映しているのか、運動神経が残念な映像の中のスクイは、簡単なダンスですら危なっかしかった。ただ身長だけ見ればちんちくりんではあるが、顔は小さいしスタイルも良い。アリかナシかで言えば、アリ側にメーターを振り切っている。

「……って、何考えてんだ俺」

危うくその脳内映像のループ再生がはじまりそうになったところで、思いきり両の頰を叩いて現実に帰ってくる。

だがそれをするのであれば、もっと学校の手前でやっておくべきだった。

「おい。大谷《おおたに》止まれ。なんか変だぞお前」

うっかり校門の直前まで来てしまっていたサンタは、当たり前のようにそこに立っていた教師に呼び止められた。面倒くさいことに、今朝《けさ》の当番が担任の体育教師なのも最悪だった。そうじゃなかったら、あんな些細《ささい》なことでいちいち呼び止められはしなかったはずなのに。

「おっ、おはざっす先生！　なんでもないです！」

「バカたれ。朝からそんな赤い顔で変な動きしてたら、なんでもないわけがないだろうが。お前は教室入るなよ」

「横暴っすよ。ちょっと考え事してただけなんで、どこもおかしくないです」

「いいから下駄箱通らずに外から保健室行って、保健の先生に熱計ってもらってこい。変な病気じゃなければ、出席はちゃんとつけといてやるから」

「ええ～……」

「返事は？」

「……はい」

「よし行っていいぞ」

「っす。……屈辱だ」

何がかといえば、自分がそんな赤い顔をしていることが屈辱だった。部活を辞めてスタミナが落ちたせいで、自転車通学に息が上がってしまったせいに違いなかった。もしサンタの顔が赤いのだとしたら断じてそれだけが理由であって、他の要因なんてひとつも思い当たらない。

「なんか負けた気がする」

具体的に何にとは言えないが、いろいろなものに。

言いようのない敗北感を抱えながら、サンタは保健室に向かった。

遠くのグラウンドの方では、朝練を終える野球部員たちの姿がちらちらと見え隠れしていた。

九月十九日

掛け声と　バットでボールを打つ音と　一人で帰る　俺のため息

この日サンタが歌会に短歌を投げたのは、珍しく平日の夕方のこと。

ぼんやりと自転車を押して校内を歩いていたときに、ふと歌が思い浮かんだときだった。

『あの』

『なんだ?』

さすがに下校時間ともなれば、スクイも常時スマホを触っているのだろうか。反応はびっくりするくらい早く返ってくる。

なんとなく足を止めて花壇の脇に腰かけると、画面にはもう次のＤＭが表示されていた。

『元気出してください』

『なんの話だよ』

『いえ、もしかしたら落ち込んでいるのかなと思いまして』

『誤解だ。いつもどおりだぞ』

『ならよかったです。スクイはてっきり、大事な教え子が物陰でひとり泣いてるのかと思ってしまいました。先輩は短歌ではすぐ甘えるくせに、他人には全然甘えないんですから』

『お前の中の俺、どんなキャラになってんの』

とんでもないことを言い出したスクイに、やや呆《あき》れながら言い返す。

そもそもサンタの認識としては、現時点でもうスクイには甘えっぱなしなのだ。関係が始まってまだ一か月程度だが、あれだけ親身に教えてもらって頼りにしていないわけがない。

とはいえそれを口にすると、スクイがまた調子に乗るのは火を見るより明らか。

もっと敬ってくださいとか、もっと大切にしてくださいとか言いはじめる様が目に浮かぶようで、サンタはあえてそこには触れずに話を続けた。

『そんなことよりもさ。俺って短歌つくるときそんなに甘えてるか？』

『それは勿論です。甘えすぎて赤ちゃんみたいです』

『もう少し詳しく』

『そうですね。たとえばですが、先輩は根本的に字余りが多いです。甘えすぎです』

『不味いのか？』

『当たり前です。字余りや破調の全部を否定するわけじゃないですけど、先輩みたいな初心者さんの字余りはただの甘えだと思います。寝る間を惜しんで一字を削る努力をしてください。なんなら眠りながらでも、今よりふさわしい言葉を探してください。その血のにじむような試行錯誤の果てに、ようやく字余りが許される余地があるのです』

『なんだか今日のスクイは一回り大きく見えるよ』

『そうでしょうそうでしょう。なんといっても先輩専属の師匠ですからね』

『実物はあんなにちんまいのにな』

『は？』

最後の台詞《せりふ》にへそを曲げたのか、スクイからの反応はそれきり返ってこなくなった。話しているあいだに思ったより時間が経っていたのか、周囲には誰もいなくなっていた。

「なんで余計なことばっか言うんだろうな、俺」

普段はそんなことないはずなのにと、自分の言動に失望しながら立ち上がる。

ところがサンタはそこで、いつの間にか周辺の空気がヒリついていることに気がついた。地震の前に小動物が逃げ出す現象にも近い、高校生特有の野生的勘が危機を訴えかけてきている。けれどそのときにはもう、破滅の足音は既に背後にまで迫っていたのだ。

「おっ、ちょうどよかった。大谷がまだ残ってたか！」

「げっ先生⁉」

振り返ったところに立っていたのは、例によって担任の体育教師だ。

「おう暇ならちょっと手伝ってくれんか。明日ブラスバンド部がミニコンサートをやるんだが、会場の設営が間に合ってなくてなあ」

「ええと……今日は、あの……」

スクイの相手をしているときの百倍くらいの速さで思考して、なんとか逃げられそうな言い訳を探してみる。が、あいにくと今日はリハビリもないし、暇か暇じゃないかで言えば間違いなく暇だ。そして困ったことに、サンタはそこらの一般男子よりはずっと体力がある。ましてブラスバンド部の女子たちとなんて、比べるべくもないほどに。

それを考えたら、さすがに逃げるという選択肢はない。

そして教師の方からしても、逃がすという選択肢はないに違いなかった。

「はぁ……着替えてきていいっすか」

「もちろんだ。ジャージに着替え終わったら講堂まできてくれ。みんな待ってるからな！」

「うーい」

スクイとのんびりチャットなんてしていたせいで、とんだ貧乏くじを引かされた。そんなさっきとは別の意味のため息を吐《つ》きながら、渋々また自転車置き場に戻っていく。

「というか、前もこんなことあった気がするな」

もちろん偶然だとは思うものの、近頃どうにも不運が重なっている気がした。もしかしたらあのちびっ子は神様や妖怪の類で、粗末に扱うと天罰でも下してくるのかもしれない。

「なんかお供え物しとくか……」

誰もいない教室でジャージに着替えてから、サンタはスマホにまた文字を打った。

何度か書いては消しを繰り返しながら、最終的には画面ごと消して講堂に向かった。

『土曜　メシ　奢る』

スクイの端末にその片言のメッセージが届いたのは、その日の深夜になってからだった。

三句

koisuru shoujo ni sasayaku ai ha, misohitomoji dake arebaii

九月二十一日

1

「お待たせいたしました〜！　モッツァレラチーズのサラダとカルボナーラ。それからシチリア風ドリア三皿でございますっ！」

「……あざす」

街中で見かけるファミレスの中でも、高校生たちに一番馴染みの深いチェーン店。

ちょうど学校ではブラスバンド部のコンサートが行われている頃に、サンタとスクイはそのファミレスにやってきていた。初めてスクイと出会った図書館から、徒歩で数分のお店だ。

「デザートは食後にお持ちしますね！　ドリンクバーのお代わりはご自由にお持ちください！　ご注文の品は以上でよろしかったでしょうかっ！」

「大丈夫です。ありがとうございます。あと声がでっかいです」

「お気になさらず！　それではごゆっくりどうぞ！」

注文の品を配膳し終えたホール担当が、無駄に元気よく一礼してから去っていく。体幹がよく鍛えられているのか、そのダンサー志望のアルバイト店員は、サンタから見てもとても綺麗《きれい》な歩き方をしている。

良くも悪くも、とても見慣れた後ろ姿だ。

「ほんとに間が悪い」

「何がですか？」

「なんでもない。こっちの話」

「はあ」

なんの話かと言えば、今の白々しい態度のホール担当はサンタのクラスメイトの女子であり、サンタとスクイの関係を確実に誤解しているということだった。向こうもバイト中だから直接は言葉にしてこなかったものの、にやにやと笑うのを堪えきれてなかったし、口調も明らかにはしゃいでいた。このままではバイトが終わった瞬間に、クラスの喧《やかま》しい女子たちに拡散されまくるのは間違いない。

「もっかいあの店員来てくれないかな」

「えっ⁉」

帰るまでに、なんとしてでも強めに口止めをしておかねばならない。

そんな決意を思わず口に出すと、料理から立ちのぼる湯気の向こうで、スクイがジトっとした目でサンタを見つめていた。

「どうした」

「先輩の常識を疑っているところです。思い返してみれば、スクイにもすごく強引《ごういん》でした」

「何言ってるのかわかんないけど、とりあえず冷める前に食おうぜ」

「むぅ……」

とはいえ口封じはここを出るまでに済ませればいいし、今は何より腹が減っている。

スクイはなぜかふくれっ面をしていたが、焼けたチーズやトマトソースの豊潤な香りには抗《あらが》いがたいみたいだった。サンタがさっさとスプーンでドリアを食べ始めたのを見て、自分も慌てて食器を手繰り寄せている。

「わかりましたよ。でもでも、本当にご馳走になっていいんですか？」

「それ聞かれるの今ので三回目な。あんま遠慮してると本当に気が変わるかもしれないぞ」

「だって気になるじゃないですか。あの先輩が、急にごはんに行こうだなんて……」

「図書館に本を返すついでだって言っただろ。俺《おれ》が呼び出した側なんだから、あんまり細かいこと気にするなよ」

「気にするというか、また何かおかしなことを考えていないかって不安になるんです。スクイのせいというよりは、先輩の普段の行いのせいですからね」

ぐうの音も出ない正論で突っ込まれて言葉に窮する。

「お……美味いなこれ」

「ほら、すぐそうやってはぐらかします。スクイそんなにお金持ってないですから、後から払えとか言われても困っちゃいますからね。代わりに別のもので、とかも無しですからね？」

「大丈夫だから。心配しないで存分に食って日ごろのストレスを発散してくれ」

「むぅ～……」

なおも渋る様子を目にして、サンタはスクイのパスタを奪い取るような素振りをした。

さっさと食べろという圧力のつもりだったが、スクイもようやくそれで折れたみたいだった。

小さなため息をひとつ吐《つ》いたあと、

「いただきます」

丁寧に手を合わせてからパスタを口に運ぶ。

「よし」

具体的に何がよしなのかはよくわからなかったが、食事を奢るという当初の目的は確かに達成できた。それがうれしくて、サンタの口元は自然と緩んでいた。

2

単純。ガサツ。無鉄砲。男子高校生と書いてバカと読む。

自分たちのことをそんなレッテルで捉《とら》えている人が多いことを、サンタは当事者としてよく知っている。だがそれを信じているかというと話は別で、繊細で几帳面な友人だってたくさんいるし、結局は人それぞれだとも思っている。

けれどそんなサンタの当たり前の人間観は、スクイという少女を目の前にして大いに揺らぎはじめていた。少なくとも彼女は自分とはまるで別種の生き物であり、そこを基準にするのであれば、たしかに男子高校生は全員バカでガサツかもしれないと思ったからだ。

たとえばスクイは、ひとつひとつの動作の丁寧さが違う。

一度に口に運ぶ食事の量もびっくりするくらい少ないし、スプーンやグラスを置くときの動きも羽が生えているように静かだ。きっと何気ない所作のひとつにさえ、いちいち気遣いのようなものを込めているに違いない。

「ん～……っ‼」

それなのに美味《おい》しさの感情表現だけはやたらと豊かなのが、いかにもスクイらしいと言えた。まるでスプーンを口に運ぶたびに、スクイという豆電球がぺかーっと点灯するかのようだ。

「……コスパ最強だな」

「そうですね。このお店お値段のわりにとっても美味しいです……！」

「うん、まあ……。俺ももう少し一口を小さくしていこうと真面目《まじめ》に思ってる」

「また先輩がよくわからないことを言ってます」

「褒めてるんだよ。こんな幸せそうにパスタ食う奴《やつ》初めて見たって」

「人を食いしん坊みたいに言わないでほしいのですが」

「でもすごい楽しそうだったぞ」

「それはその……実はわたしの家って和食ばっかり出てくるので、洋食全般に憧《あこが》れがありまして……。外食もあまりしてこなかったですし」

「へえ。だからか」

変わったご家庭だなという言葉の代わりに、サンタはドリアを控えめに掬《すく》い上げて口に運んだ。よく言えばお上品。正直に言えば物足りないその量。今までも薄々は感じていたが、スクイの家はかなり独特であるみたいだった。カレーにラーメン、ハンバーグ。牛丼かつ丼親子丼。早くて安くて腹に溜《た》まるものばかり食べたがるサンタからしたら、三日で音をあげそうな食生活をしていそうだ。

だからこそと言うべきか。目の前で学生らしいランチを楽しむスクイを見ていると、サンタは少しうれしくなった。動機こそ不純だったが、誘った甲斐は十二分にあった。ぱっと花が咲いたような笑顔、とでもいうのだろうか。こんなにも長時間機嫌のいいスクイというのは、サンタは初めて見たかもしれない。

もっともそんなのは、本当は自分が失言をしなければいつだって見られるのかもしれない。向かいの少女をぼんやりと眺めていると、そんなふうにサンタには思えてきた。

「飽きませんか？」

「飽きないぞ。スクイはおもろいからな」

「……ドリア三皿は飽きないかって聞きたかったのですが」

しかしサンタとスクイが今一つ噛《か》み合《あ》わないのは、もはや運命に近かった。

反省したそばから発生したすれ違いのせいで、スクイは一転して無表情になっていた。視線は絶対零度にも近い冷ややかさを秘めていて、思わず身体の底から寒気がする。

これは不味い。

さっきまでにこにこしていたお師匠様が、静かにお怒り遊ばされている。

背中から冷や汗が噴き出してくるのを感じながら、サンタは次に発する言葉を必死に探した。

地味ながら、この会食の行く末を左右する重大な局面を迎えている。

こうなれば、今日のために用意しておいた秘密兵器を出さざるをえない。

「コンビニを出たら出口に傘がない。持ってったやつざきにしてやる」

「え？」

「どう思う？　この前のスクイのアドバイスを参考に、俺なりに字余りを避けることを考えてみた短歌なんだが」

「字余りじゃなくて別のものを避けようとしてませんか？　たとえばわたしへの言い訳とか」

「違う。急に短歌の話をしたくてしたくてたまらなくなったんだ」

「はぁ……。まったく、短歌は先輩のデリカシーのなさを闇《やみ》に葬り去るための道具じゃないんですからね」

「そんなんじゃないから。ただ純粋に、突然俺の向上心に火がついてしまっただけだ」

「はいはい。でも今日だけは、目の前のお料理に免じて不問にしてさしあげます。それでなんでしたっけ。またおかしな歌を持ってきたみたいですけれど」

苦笑いしながらも、スクイがなんとか話題に乗ってくれる。

根が真面目でいい奴だからと、予想していたとおりの展開だった。

「コンビニを出たら出口に傘がない。持ってったやつざきにしてやる、だ。この前のスクイに指摘されたあと、真剣に考えて作った歌だ」

「真剣に考えたらそうはならないと思うのですが……」

「待て待て、いいか？　これは元々あれだ。俺の傘を持ってった奴、八つ裂きにしてやる！　っていう怒りをふんだんに散りばめた歌なんだが、たしかにスクイに言われた通《とお》りこのままだと字余りになる」

「だから？」

力強く断言したサンタに対して、スクイが小首をかしげながら合いの手を入れる。

「だから最初に言ったのになるんだよ。実際〝持ってったやつ〟まで読んだとき、俺たちは〝持ってった奴〟って認識するだろ？」

「それはまあそうですね」

「でも〝ざきにしてやる〟まで読むと、なるほど八つ裂きって言葉なんだなってのもわかる」

「斬新が過ぎる……」

「いやわかるぞ？　厳密に文字だけを追いかけたら、意味が通らないのはもちろんわかってる。だけど短歌ってほら、歌じゃん」

「まあ、短い歌と書くくらいですからね」

「だろ？　つまり歌ってことは、短歌も本来は音で聞くものじゃん。でもそうすると人間の頭って賢いから、ちゃんと俺の〝持ってったやつ　ざきにしてやる〟も〝持ってった奴、八つ裂きにしてやる〟に自動補正してくれるってわけだ。その証拠に、現にスクイはできてる」

「それはそうですけど……」

「結果的に文字数ぴったりに収まって、俺の怒りも表現できてる。完璧《かんぺき》！」

「う〜ん……」

　言うべき言葉が見つからないのか、スクイは眉間にしわを寄せて困っていた。呆《あき》れているというよりは、サンタの発想がスクイを上回ったからこその反応に見えた。考えようによっては、サンタが初めてスクイを追い越した瞬間だと言えるかもしれない。

「ふ、俺についてこれないなら置いていくぞ」

「明後日の方向に走りだしておいて格好つけないでください」

「俺、そんなに迷走してるのか……」

「とはいえスクイにない発想なのは認めます。自由すぎて。こんなの正気を失わない限り思いつく気がしないです」

「ってことは俺の勝ちだな」

「お願いですから短歌で勝負してください」

スクイはそこでがっくりとうなだれてみせて、それでもすぐに気を取り直したように顔を上げた。もはやサンタの言動には慣れっこなのか、口ぶりほどショックは受けていないみたいだった。それよりも言いたいことがあるらしく、心なしお姉さんぶった口調で話を続けた。

「でもわかりましたよ。「先輩の自由さはある意味では長所ですが、ひとつ言っておかないといけないアドバイスをスクイは見つけました」

「ぜひ聞かせてくれ」

「先輩、もっと短歌を読みましょう。とりあえず歌集を一冊。出来ればもっと。なるべくたくさんの歌人のを」

3

所定の位置にグラスをセットして、ウーロン茶のボタンを押す。

ピッという音とともに、細いノズルから液体が飛び出してくる。

「もっと読め、か」

泡を立てながらグラスに注《そそ》がれていくお茶の飛沫を眺めながら、サンタは先ほどもらったスクイからのアドバイスについて考えていた。

イメージとしては、転向したばかりで野手投げのままのピッチャーのようなものだろうか。型みたいなものが身体に染みこんでいなくて、フォームがぐちゃぐちゃで素人っぽい。いまだふわふわしたまま、どうにか三十一文字に言葉を押し込んでいるだけのサンタとしては、そういうニュアンスで言われたのなら納得はできる。

だがドリンクを注ぎ終え、さあ真意を問いただそうかと席の方を振り返ったところで、先ほどのホール担当がテーブル横に立っているのが目に入った。

「まずい」

思わず口に出しながら、余計なことを吹き込まれないようダッシュで戻る。

「ちっ」

するとテーブルに戻るやいなや聞こえたのは、露骨な舌打ちの音だった。おそらくはサンタとの関係についてスクイに聞きにきたのだろうが、ぎりぎりのところで阻止できたらしい。

「ごゆっくりどうぞ～」

そそくさと逃げていく級友の後ろ姿を見ながら、サンタは冷や汗をぬぐった。

ところが向かいの席のスクイからしたら、そんなバタバタしたやりとりどころではなかったらしい。というのもちょうど一口分欠けたイタリアンプリンの前で、頰《ほお》に手を当てたまま動きを停止していたからだ。

「スクイ……？」

「ふぁ。美味しい……しあ……わせ……」

「……一口もらっていいか？」

「もう一生、プリンだけで生きていたい……」

「やめとけ」

ためしに上の空のスクイに何回か話しかけてみるが、どう考えても会話は成立していない。

当然アドバイスの真意どころの話ではないし、これなら慌てて戻ってくる必要もなかったのかもしれない。

軽くため息を吐いたあと、サンタも諦《あきら》めてドリアの三皿目に取りかかった。スクイを見習って気持ちゆっくりめにスプーンを口に運んでいると、ガラス窓の向こうで、雨上がりでもないのに虹がかかっているのに気がついた。

それを教えようとしたところで、ようやくスクイの意識が戻ってくる。

「あれ？　先輩いつの間に……？」

「ん？　ああ、今さっきな」

「なんだか忍者みたいですね」

「どっちかというと、そっちがお姫様すぎるんだと思うぞ」

「へ？」

「いやなんでもない。それよりいつも思うんだけどさ」

「はい」

「食べ終わるのを見計らってデザートを持ってきてくれるなら、ドリアも食べ終わる頃に次の皿を持ってきてほしいよな。熱々のやつを」

「わんこそばじゃないんですから、贅沢言わないでください。というかさっきも聞こうとしたんですけど、いつも同じもの三皿とか頼んでるんですか？」

「え、そこ？」

「当たり前です。今だから言いますけど、スクイは注文を聞いて少し引いてましたからね」

「なんでだよ。運動部の男なんてみんなこんなもんなんだからな」

「それはスクイだって風の噂で聞いたことありますけど……」

「けど？」

「そういうのは、男友達と一緒に食べにいったときのお話でしょう？」

「いや、わからん。そうなのか？」

「もういいです。先輩がそういう人なのは、スクイだって知ってましたもん」

何を言いたかったのかはわからないが、スクイは頬を膨らませたまま席を立った。両手でグラスを抱えていたから、ドリンクのお代わりに向かったみたいだった。

「コース料理とか食いたかったんかな」

その背中を見送りながら呟いてみるが、それはサンタの小遣《こづか》いでは到底無理だ。仮にそうじゃないと祟《たた》りが収まらないのだとしても、あと数年は待ってもらわないと難しいだろう。高校を出て、大学生になって、バイトなんかをはじめて余裕ができる頃。そう考えると五年くらいは必要だろうか。もちろん五年後もずっと、この関係が続いていることが前提になってくるが。

「何考えてんだ俺」

サンタはそこで我に返って、思わず自分に対して言った。

友人と長く続けばいいと考えるのは自然なこととはいえ、五年後の心配を今からするのはさすがにどうかしていた。

スクイが絡《から》むとサンタの調子が崩れるという点でいえば、昼食を奢るというこの厄除《やくよ》けの儀式には全然効果がないみたいだった。

しかも面倒くさいことに、級友のバイト少女がまたしてもにやつきながらやってきて、「お皿をおさげしますね～！」と満面の笑みでからかってくる。

「一応言っておくけど、違うからな」

「あのさ大谷《おおたに》。あんな顔で女の子とご飯食べておいて、違うからなは無理ってもんだよ」

「だから違えから。今日は世話になってる人にお礼をしてるだけで、お前が思ってるような関係じゃない。つか年下に怖い顔して接する方が人としてやべえだろ」

「たしかにまあそれはそう。でもどう見てもそんな距離のある空気じゃなかったんだけど？」

「よしわかった。お互いのためにこの話はここまでにしておこう。ちなみに学校のやつらにバラしたら俺もここの店長に言うからな。うちの学校、バイトは校則で禁止なんですけどって」

「大谷……私は今日、何も見なかったよ。忙しすぎてずっと走り回ってたからね」

「理解が早くて助かる。俺も素晴らしい接客をしてもらいました。また来たいですとお客様アンケートには書かせてもらう」

「よし」

「よし」

最後に理解しあえた者同士の目配せを交わしあって、クラスメイトは去っていった。

スクイはまだドリンクのチョイスに悩んでいるのか、ずっとサンタに背中を向けていた。

「もっと高い店じゃないとお祓《はら》いにならないのかもな」

口止めには一応成功したものの、わが身に火の粉が降りかかってくるのは変わっていない。

サンタは残っているドリアをかきこみながら、スクイが戻ってくるのを待っていた。おずおずと振り返ったスクイの視線は、なんとなく真っ先にサンタの方を見たような気がした。

九月二十二日

ファミレスのドリンクバーに席を立つ背中に五年待てと呟く

それをスランプと言うには、サンタはまだ歴が浅すぎるかもしれない。

ただ事実として昨日からずっと難産で、なかなか思うように短歌を作れなかったサンタは、
仕方なくファミレスで思ったことを三十一文字にまとめた。

既読が付いたのはほぼノータイムで、けれど返事はなかなかかえってこない。

待ちくたびれて先に風呂《ふろ》に入り、いい加減もう寝るかという頃に画面を見る。するとどうい
う訳か、スクイからの着信履歴が画面の真ん中に大きく表示されていた。

『なんで通話？』

不思議に思ってメッセージを送る。

それを待ち構えていたかのようなタイミングで、再び通話がかかってくる。

「どっ、どういうつもりですか……」

「むしろ俺が聞きたいんだけど」

「ごっ、五年待つと、スクイに何があるというのですか……！」

「ん、ああ、それか。でもなんなんだろうな」

「も〜〜！　またそうやって……っ！」

何がまたなのかはさっぱりわからないが、スクイが余裕をなくしているのはスピーカー越しでもはっきりとわかった。切羽詰まった声の遠くの方で、ぽすぽすと柔らかい打撃音が聞こえていたから、もしかしたら枕《まくら》でも叩《たた》いているのかもしれない。

「いやちゃんと答えたい気持ちはあるんだけど、自分でもあんまり整理できてないんだよな。ていうかなんであんなこと考えたのかもよくわからんし」

「よくわからんでこんな歌をもらう方の気持ちにもなってください。……スクイ知ってるんですからね」

「何をだよ」

「……先輩が、お料理運んできてくれたお店のお姉さんと、すっごく仲良さそうに話してたことです。スクイには内緒で」

その台詞《せりふ》をスクイが言い終えるやいなや、サンタの耳にぷつっという音が響いた。

慌てて画面を見ると、通話終了という文字が無情に表示されている。

「なんだよそれ」

捨て台詞のようにクラスメイトとのやりとりを突き付けられ、サンタもさすがに腹を立てた。なにしろそれに関しては正当な理由もあるし、説明を求められればいくらだってやれる。それなのに一方的に切られたのでは、話を聞く気がないと思えてしまうからだ。

だがサンタがそう憤った瞬間、今度は先ほどの短歌にいいねのハートマークが付いた。

スクイがそんなことをするのは、今までのやり取りの中で初めてのことだった。

「……からかわれてんのか?」

意味がわからなくて、思わず口に出てしまう。

果たしてスクイは短歌を評価してくれたのか、くれなかったのか。

怒っているのか、実はそうじゃないのか。

いいねをした意味。

あるいは——ハートマークの意味。

スクイが何をどこまで考えているのか、サンタにはさっぱりわからない。

「いや、ただのいいねだろ。こんなの別に」

自分に言い聞かせるように呟いてみるが、気持ちはまったく鎮まらない。仕方なくサンタはしばらく部屋をうろうろしたあと、服を着替えて部屋を出た。

深夜だろうと残暑が厳しかろうと関係ない。何も考えられなくなるまで思いきり外でも走ってこないと、とても眠れる気がしなかった。

九月二十四日

風の強い日だった。

校庭にどこかの家の洗濯物が飛ばされてきて、教頭がそれを追いかけている様子がその日一番の話題という、穏やかで平和な一日だった。

中間テストはまだまだ先で、主だった行事も特にない。イベントごとが多い二学期において、ぽっかりと空いた何の変哲もない日常。

しかし強い風にあおられて、心におかしなものでも舞い込んできてしまったのだろうか。

最近はようやく新しいことに目を向け始め、無駄に感傷に浸ることもなかったはずなのに、この日のサンタはホームルームが終わったあとも椅子《いす》から立ち上がることができなかった。

窓際の席から見下ろすグラウンドには、サンタがそうしている間にも運動部員たちが意気揚々と押し寄せていっている。

その景色を文字どおり俯瞰視点でぼけっと眺めて、大きな入道雲がゆっくりと空を往くのをのんびり目で追って、たまたま通りがかった教師に早く帰れと怒られる。

仕方なく教室を去り、下駄《げた》箱を過ぎて、グラウンドの横の渡り廊下へと出る。サンタが進んでいるのは正門とは逆方向だったが、通学に使っている自転車置き場がそちらにあるのだ。そのせいで、運動部の掛け声が間近で聞こえてくるのが微妙に居心地悪い。

背後から急に話しかけられたのは、サンタがちょうどそんなことを考えているときだった。

「ねえ。キミ、もしかして――」

「あ、俺か？　って――」

声のする方を振り返り、目に映った人の顔を見て言葉を失くす。

「やっぱり、この前の図書館の人！」

「は？　お、同じ学校だったのかよ！」

「あたしもびっくり。まさかこんなふうに知ってる後輩が増えるなんて」

そういって上品に微笑む少女は、たしかに先日サンタが道をふさいでしまった人だった。

だが本当に心からこの再会に驚いているサンタとは違って、黒い髪のその人はやはり落ち着いて余裕があった。その印象は、こうして制服を着て対面するとさらに顕著で、サンタは大人びた彼女に一種の気後れすら感じていた。喩《たと》えるなら中学生になったばかりのとき、近所の高校生のお姉さんが、まるで大人の側の人であるかのように感じた現象に似ているかもしれない。

それでも学年章の数字はⅡで、サンタと一つしか違わないのだから不思議なものだった。

「ところでキミ。名前はなんて言うの？」

「あ、と……自分の名前は大谷三球《さんた》です。一年です」

「別に運動部の先輩後輩って訳じゃないんだから、今までどおりの話し方でいいわ。あたしは手毬《てまり》。月島《つきしま》手毬。よろしくね」

「よ、ヨロシャス！　あ、口調はちょっとずつ戻していくんで……」

「ふふっ、いいわ。上下関係厳しいところの出身だものね」

子供っぽい態度のサンタの様子を見て、手毬は朗らかに笑ってみせる。

その雰囲気が何かに似ている気がしてサンタは考え込み、けれどその答えを見つけるよりも先に手毬が口を開く。

「ねえ。ところであたし、クロスプレーっていうのが見たくてずっとここにいるんだけど、待ってれば見られるものなのかしら」

「え？　ああ、それなら今日は見られないと思いま……思うぞ」

「どうして？」

「他所は知らないけど、うちの野球部はこの時期、ランナーを置いての守備練あんまやらないはずだから」

「そうなんだ。じゃあその光景は滅多に見られるものじゃないのね……」

「滅多にとまでは言わないけど、時期の問題もあるかもっすね。うちは元々基礎練が多めで、実戦形式って大会前とかじゃないと増えてこないし」

「ふぅん」

先ほどからサンタの口調が安定しないが、伝えた内容自体に間違いはない。手毬の方も元々望み薄だと察していたのか、短い相づちからそれほど失望の色は伝わってこなかった。

「仕方ないわね。日を改めようかしら」

「わざわざそこまでしなくても。プレーを見るだけなら、ネットで動画漁ったらすぐですよ」

「それも悪くないけど、それよりは生で見てみたいのよ。ベース付近でぶつかる男の子たちとか。土が舞い上がって波みたいになる瞬間とか。真っ黒に汚れた服とか、そういうのをね。そうしないと手に入らない実感みたいなものって、世の中にたくさんあると思ってるから」

「なんか難しいこと言ってま……言ってんな」

「あら。その感じだともしかして、この前の入門書はまだ読んでない？」

「いや読みましたよ。でも理解したかって言われると、少し怪しいかもっすね……」

「でしょうね。歌を詠むっていうのは、自分の気持ちをちゃんと解きほぐすっていうことだもの。あたしが言ってることが難しいって感じるなら、まだそのあたりの理解が薄いんだわ」

「な、なるほど……？」

　手毬の言っていることは難解すぎて、実際何を言われたのかはよくわからなかった。その感覚は、野球をはじめたばかりの頃に教わったゴロの処理方法に似ているような気がした。たしかショートバウンドは球が跳ねた瞬間をすくい取れと教わったのだが、当時はまるで勝手がわからなかったものだ。だとすると、いつか手毬の解説もわかるようになるのだろうか。

とてもそんな日がくるとは思えないまま、サンタは黙って練習を見ていた。バッターボックス付近では、そろそろレギュラークラスが打席に立つ準備をはじめたみたいだった。

手毬と一緒に傍観者としてそれを眺めて、懐かしさと切なさで胸がぎゅっと締め付けられる。それを知ってか知らずか、手毬はいつの間にかサンタの方をじっと見ていた。

「それより、キミは練習に参加しなくていいの？」

「え、なんでだ？」

「だってキミ、野球部でしょ？」

そう言って小首を傾げる手毬の視線は、サンタの頭の方に注がれている。つまりは髪が短めだから野球部ではないかと推測していたようで、サンタは首の後ろの毛が一番短い部分を手で何度も逆立てて気恥ずかしさをごまかした。

ついでに訊かれた質問に、悩みながらも正直に話す。

「先輩が言ったのは半分正解。俺、辞めたんすよ。だから元・野球部。たしかに髪は今でも短い方だけど」

「え……」

「ちょっと重めの怪我《けが》しちゃって。続けらんなくなって。だからって野球が嫌いになったわけじゃないんですけど」

それは人に打ち明けるには重すぎる話だとサンタは考えていたが、いざ口にするとどこにでもある普通の話である気もした。実際怪我やスランプで部活をやめるのは珍しい話ではないし、サンタだって今まで幾人も球友を見送ってきていた。だからいつかはみんな、野球をやめる。その順番が、今回たまたま自分に回ってきただけ。そう捉えることもできるのかもしれない。

「ちょっと待って。キミ、野球辞めたって本当？　それにこの前は図書館で短歌の本を――」

「おっ……？」

だがサンタのそんな感傷も、手毬が上ずった声をあげたのも、どちらもそこで遮《さえぎ》られた。

ぼすんという鈍い音がして、大きな飛球が二人に近い場所に落ちた。そしてバウンドしながらこちら側に転がってきた硬球に目を向けた瞬間。その奥にいる野球部員のうちの何人かが、サンタを見ているような気がした。しかもそのうちの一人の背格好は、一番の仲間でありライバルでもあった小糸《こいと》であるようにも思えて、サンタは急に足元から寒気が這いあがってくるような感覚に襲われた。

それに自分だけではない。辞めた人間に練習を見られていたら、残っている野球部員たちだって気持ちが悪いだろう。

「っと、それじゃ俺、そろそろ行きますんで」

「ね、ねえキミ。待って、もうちょっと聞きたいことが――」

「別の日にしてください。用事あるの思い出したんで」

もちろん用事なんていうのはでまかせだったが、この場を切り抜けられるならなんでもよかった。サンタはそのまま手毬に背を向けると、挨拶《あいさつ》もそこそこに自転車置き場を後にした。

「だっせえ……」

思わず口に出して、地面を蹴《け》る。

悔しさと情けなさで吐き気がしてくる。

もしかしたら、手毬が言っていた自分の気持ちを解きほぐすというのは、こういうことを言うのかもしれない。

家に着いて、先日の入門書を思い出しながら、サンタはどうにか自分の中の気持ちを文章に起こした。


練習を観客席で見る別の世界で起きてる何かみたいに

それを歌会に投稿してみると、今日のスクイからの返事はすぐに届いた。

『先輩は、何かスクイにしてほしいこととかありますか?』

『え、なんだ急に』

『別に深い意味はありません。ただこの前ごちそうになったのは事実なので、そのお返しに何かと思いまして』

『し、ししょーが俺に優しいだと……⁉』

『やっぱりやめます。それと明日までに短歌を百首作ってきてください』

『落差が激しすぎるだろ』

その日の歌会での会話はそれっきり。茶化してしまったことを申し訳なく思いつつも、いろんな感情がもつれてしまっていて、あまり会話を続ける気にはなれなかった。

それでもあくまで具体的な内容にまでは踏み込んでこないスクイの指摘に、サンタは彼女なりの優しさのようなものを感じていた。

九月二十五日

またなと元気に言い残して、教室を去っていくバスケ部の友人。

帰りにカラオケかこの前のお店に行こうよと笑っているクラスの女子たち。

そんないつもの光景を見送りながら、じゃあ自分が部活のない放課後を持て余さなくなるには、あとどれくらいの時間が必要だろうかとサンタは考えていた。

立ち上がって手にしたカバンはあの頃よりずっと軽くて、足取りは比べ物にならないほどに重い。吹っ切ったと思えばまたぶり返してくる気持ちの波は、今もまだサンタの胸の中に巣食っていて、今日のは六限の間ずっと外から聞こえてきていた、体育の授業のせいで間違いなかった。実戦形式で行われたらしいソフトボールの鈍い打球音と、金属バットが地面に放り出されるあの音だ。

だがそんな延々と頭の中で繰り返す音をかき消してくれたのは、皮肉にもずっと避けていた元チームメイトだった。

「こ、小糸《こいと》⁉」

「よう……大谷」

場所は教室を出てすぐの階段の踊り場。

約二メートルの高低差の中で、気まずいまま顔を見合わせる。

沈黙に耐えかねてサンタから話しかけると、小糸は一目でわかるほどびくりと肩を震わせた。

その様子から心中を察して、迷いながらも階段を下って同じ場所に立つ。二年か三年になって一緒にレギュラーを取ったら、本気で甲子園を目指せるチームにしようと誓いあった仲。そんな仲間がわざわざ会いに来てくれたのなら、無視するという選択肢があるはずもない。

「その……どうかしたのか」

「その……目、最近はどうなんだ？」

「……あんま変わんねえ。今日も六時からリハビリの予定だし」

「そうか。それじゃ症状も――」

「物が二重に見えるのは、前よりは減ってはきてる。けど動体視力はもう……」

「そうか……」

医者からは、それでもいずれ元通りになる可能性もあると言われていた。だが事故から四か月以上経《た》っても好転の兆しがないというのは、高校スポーツの最前線で戦おうとしていた選手の心を折るには十分すぎる経過だった。退部届を出したとき監督が強く引き止めなかったのも、強い言葉を一切《いっさい》使わなかったのも、サンタ本人の心中が痛いほどわかっていたからに違いない。未練を抱えたまま舞台を去るつらさは、残される人間だって百も承知だ。

「戻ってこいよ」

だがそれをわかっていてなお、小糸はそう言ってサンタの顔を見た。どれだけ悩んで、決意してこの話をしに来たかは明らかで、サンタは知らずに目頭が熱くなるのを感じていた。

それでもそれに応《こた》えられないというのが、胸が張り裂けそうなほどに情けなかった。

「説明しただろ。俺はもう無理なんだよ」

「監督やキャプテンの許可はとった。お前が戻るって言うなら、みんな支えるって言ってる。治るまで、何年でも待つって」

「……チームの役に立てないなら、いる意味なんてない」

「そんなことない。お前がいるだけで力に――」

「悪いけど……、俺の方が耐えられない」

「今すぐじゃなくてもいい。だから、考えておいてくれないか」

「だから小糸……」

「頼むよ……俺は、まだお前と一緒にやりたい」

お互いに声に余裕がなくなってきたのを察して、サンタは何も言わずにまた階段を登りはじめた。最後に拒絶しなかったのは小糸の気持ちがうれしかったからだったが、それでも首を縦に振ることはできなかった。

足音がして、小糸が逆に階段を下っていったのが伝わってくる。時間的にも、そろそろ練習にいかねばならない頃合《ころあい》だったのだろう。気まずい時間が終わったことに安堵《あんど》しながら階段をのぼりきると、曲がり角のところで突然誰《だれ》かに手を摑《つか》まれた。

「なっ、なんだ——って、手毬さん？」

「来て」

そのままずんずんと引っ張られ、たまたま鍵《かぎ》が開いていた社会科資料室の中にサンタは連れ込まれた。後ろ手に、手毬が中から鍵を閉める。がちゃりという音をきっかけに世界中がサンタたちから遠ざかっていって、代わりにその部屋の存在感だけが異常なくらいに際立《きわだ》ってくるのを感じた。手毬と自分の押し殺した息遣いが、びっくりするくらい鮮明に聞こえてくる。

「ごめんなさい」

先に口を開いたのは手毬だった。

「え、なに言って——」

「盗み聞きするつもりはなかったの。ただキミを探してて、そしたら階段のところにいるのを見かけたから、話が終わるのを待とうかなって思って……」

「そしたら深刻な話だったからびびったってことっすか？」

「ええ。部外者は聞いちゃいけない話だったって思うわ。本当にごめんなさい」

そう言って頭を下げた手毬は、本当に反省している様子で肩を震わせていた。だが彼女には、元々辞めたことを打ち明けている。そのため特に腹が立つということはなく、むしろ彼女のおかげで上手《うま》く切り替えることができたくらいだった。

「ははっ。いやほんっと真面目っすね手毬さん。この前会ったときにわかってたけど」

「な、何よ。だって悪いことをしたら謝るのが当たり前のことだわ」

「わかったわかった、わかりましたよ。別に怒ってないし、もう謝ってもらったんでそれはいいですよ。そんなことより、俺を探してたって話の方が気になるんですけど」

「あっ」

当初の目的をそれでやっと思い出したのか、手毬は大げさに声を出して、それからまじまじとサンタの顔を見た。そのまま視線を逸らさずツカツカと歩いてきて、鼻先が触れそうなくらいのところでようやく止まる。

「ちょ、ちょっと」

ふわりと鼻先をくすぐったのは、石鹼のように爽《さわ》やかな手毬の香り。地球儀や歴史資料が積み上げられた二人きりの密室で、彼女があらためて両手を包み込むように握ってくる。思わず後ずさって壁に寄りかかり、背中を支えにしながら尻《しり》もちをつく。キラキラした瞳《ひとみ》に力が吸い取られていくようで、サンタの頭には今までの人生で一番というくらい血がのぼっていた。

ぐわんぐわん揺れて重い頭が、ただ手毬の顔だけを至近で認識している。その視界の真ん中で、艶《つや》やかな唇が戸惑いながら動くのを、サンタは呆然《ぼうぜん》と眺めていた。

「こ、こんマリア～……なんて……」

「へ？」

だがあまりにも予想と違う台詞に、一瞬で頭が冷える。

「キミってさ、その……怪我で引退した元野球部員で、最近短歌を勉強し始めたのよね？」

「あ、はい……」

「じゃあもしかしてなんだけど……どこかに短歌を投稿してみたことってない？」

「そっ、それって……！」

さすがにここまできたら、サンタにも手毬の言わんとしていることは察しがついていた。

というより、最初にぼそっと呟いたお決まりの挨拶がすべてだ。それをサンタが知っているなら手毬の予想は正解だし、わからないなら不正解。それしかない。

「いやいやいや。でもそんなことってあります⁉」

「ふふふっ、それはそうね。でもキミの境遇と、あたしがもらった歌の状況が、いくらなんでも似すぎてたから。もしかしたらって思ったのよね！」

「にしてもまさか、こんな近くにマリアさんがいるなんて思わないじゃないですか！」

「あたしも、投稿リスナー第一号さんが同じ学校だなんて思ってもみなかったわ！」

「はは、なんか笑えるな。ははは っ」

「そうね。身バレしたらどうしようって思ってたこともあったけど、それがキミならちょっと笑えてきちゃう。ふふふっ」

二人は資料棚に背中を預け、隣り合ったまま座ってひとしきり笑いあった。サンタの半分ほどの太さしかなさそうな白くて長い脚が、円形に広がったスカートの下からすらりと伸びていた。すぐ隣から聞こえてくる、先日知り合ったばかりの先輩の声。その笑い声にたしかにマリアの面影を見つけ、サンタはあらためて手毬に言った。

「でも、言われてみたら確かにマリアさんの声してますね」

「そう？　これでもマリアのときはそれなりに声作ってるつもりなんだけどね——あ、あー。こんにちは、みんな。一週間ぶり～。みたいな」

「あー！　それだ、その声！　ちょっと高くなって、声が透き通る感じなんすね」

「あら、普段の声が透き通ってないって言いたいのかしら？」

「いやちがっ、なんでそうなるんですか！」

「ふふっ、冗談よ。どっちもあたしの声なんだから、素直に誉め言葉だと受け取っておくわ」

「受け取っておくもなにも、普通に褒めてるんですよ。言っときますけど俺、マリアさんの初配信前からフォローしてる最古参ですよ」

「そうよね、ありがとう。……それで図書館で本を借りて勉強までしてくれてるんだから、本当に配信者冥利に尽きるわ」

何気なく発したサンタの台詞は、どうやら思いのほか手毬に刺さったようだった。

少し声が震えたのが気になって横を向くと、彼女は潤んだ目で空を見つめていた。

「先輩は、どうして配信をはじめたんですか？」

「そうね……配信がしたかったというよりは、短歌をみんなに知ってもらいたくて、その為の手段として配信があったって感じかしらね」

「短歌が先？」

「そう。でも短歌を始めたのもほんの二年くらい前のことよ。あたしね、昔はすっごく暗かったの。引っ込み思案で、心から気を許せる友達もいなくて、いつもグループの子の顔色ばっかりうかがってた。中学くらいまでずっと。ずっとつらいな、嫌だなって思いながら生きてた」

「全然そうは見えないですけどね」

「だとしてもあたしたちくらいの女の子なんて、みんなそういうものなのよ。言ったことも今どこにいるかも秘密の打ち明け話も、全部みんなのスマホの中に記録されてる。誰もはみ出せないようにガチガチに縛りあって、息をひそめて毎日を生きてる。表向きはどんなに明るく見えてたってね」

「なんか、女子は女子で大変そうっすね」

「本当にそう。女の子は大変なんだから。だけどね、あたしはあるとき偶然短歌と出会って、目が覚めたというか、気持ちが軽くなったの。本当は好きな時に好きなことを言ってもいいものなんだって気づいて、世界が明るく見えるようになった」

「世界が明るく、すか……」

無意識に否定的な調子で相づちをうってしまったことに気づいて、内心で少し慌てる。だが考えてみると、たしかに世界はちょっとしたことで明るくなったり暗くなったりすることをサンタも知っているはずだった。

たとえば怪我をしてからの世界は、本当に何もかもがくすんで見えた。それがスクイやマリアに出会って、二学期が始まって、気づけばまた少しずつ色が戻ってきている。

「あたしもね、そんなことあるわけないって思ってたわ。詩も俳句も短歌も存在は知ってたけど、たかが言葉でそこまで自分の心が動くわけないって思ってたし、まして人生に影響が出るとかないって思ってた。だけど、たまたま病院の待ち時間に手に取った雑誌みたいなのを読んで、考えが百八十度変わったのよ。大好きな短歌を見つけて、大好きな歌人ができた」

「へえ、先輩さんにも好きな歌人とかいるんですね」

「ええ。ここ一年くらいは全然活動がないんだけど、短歌好きの人たちの一部では雛歌仙《ひなかせん》って呼ばれてる若手の人が大好きなの。その人は本当にすごくて、そろそろ歌集を出すなんて噂もあるし、雑誌で特集組まれるのも珍しくなかったりするのよ。実際病院で手に取ったのもそういう号で、あたしはその人に憧れて短歌をはじめた。その人みたいに、誰かの心を動かせる短歌を作りたいと思った。他人の顔色をうかがって喋《しゃべ》る内容を決めるんじゃなくて、正直に自分の気持ちを言葉にしたいって思った。そうやって作った自分の短歌で誰かを幸せにできたら、それに勝る幸福なんてないだろうなって。ね、キミもそれって最高だと思わない？」

「そうかもしれないですね。それに――」

「なに？」

「真剣に好きなことを語ってる手毬さんは、素直に格好いいなって思いました。もう既にこの人最高だなって」

「ふふっ、ありがと。でもあたしも、同じ趣味を持つ人に会えて本当に幸せ。こんな恥ずかしいこともちゃんと聞いてくれるキミのこと、好きよ」

「ど、ども……」

それはもちろん同好の士としての好きであって、恋愛的な意味でのそれではないことはわかっていた。だがそれを差し引いても、今の会話はなかなか恥ずかしいものであることにサンタは気づいていた。それでなくても秘密の場所に二人きり。ともすれば勘違いを起こして、舞い上がってしまいそうなシチュエーションなのだ。

だから持っている自制心を最大まで引き上げて、サンタは別の話題を探した。まだこの密会を終わりにしたくなかったが、適度にブレーキを踏まないと止まれなくなってしまう気がした。

尊敬の念が膨らんで口調は敬語に固定されてしまったものの、サンタから手毬への心理的な距離は確実に縮まっている。

「ところでなんで、俺なんかにそんないろいろ話してくれたんですか？　手毬さんがマリアさんだってのも、俺は気づいてなかったのに」

「でもあたしが気づいたってことは、キミもそのうち気づいたんじゃないかしら」

「それはたしかに。でもそれも、あえてバラす理由にはなってないような」

「そうねえ……。だとするとあたしは、本当は自分のことを誰かに打ち明けたかったのかもね。誰かと秘密を共有したい。孤独な活動を誰かにわかってもらいたい、って」

「それが俺でよかったんですか？」

「大丈夫よ。本当のことを言うとね、図書館でキミを見かけたときに予感はあったの」

「予感？」

「そう……仲良くなれそうな予感、かしら。とりあえず、今はそういうことにしておいてもらえるとありがたいわ」

手毬はそう言いながら笑って、サンタより先に立ち上がった。これで昔は引っ込み思案だったなんて絶対に嘘《うそ》だ。無意識にそう思わせるくらい、座りながら見上げた笑顔は瑞々しかった。

差し伸べられた真っ白な手を頼りに立ち上がる。

鍵をあけ、外に誰もいないことを確認して、手毬はするりと忍者のように廊下に出ていった。後に続き、静かにドアを閉める。

「後は当直の先生が締め忘れに気づくでしょう」

「ですね」

「それと、ちょっと物足りないくらいがいいらしいわよ」

「なんの話すか？」

「その方が、また会いたいっていう気になるんですって」

くすくす笑いながら、手毬が廊下を歩いていく。

距離が縮まったといっても、やはりこの人は年上なのだ。そう上下関係を再認識してしまうくらい、手毬はたしかにサンタよりお姉さんだった。

四句

koisuru shoujo ni sasayaku ai ha, misohitomoji dake arebaii

1

九月二十七日

『夏の思い出、締め括り』

普段の位置情報から最適化でもされたのだろうか。

昼休みがほとんど終わり、気怠い空気の中で授業の開始を待っているときのこと。

たまたま近隣の花火大会の広告がスマホに流れてきて、サンタは季節の移り変わりを知った。

二学期が始まっても世界は夏のままだとばかり思っていたが、見えないところでしっかりと時間は流れていたらしい。

『やり残したこと、この夏のうちにすませよう！』

「すっげえ煽《あお》るなこの広告」

目を離した隙に切り替わっていた画面には、浴衣の美女とともに別の宣伝文句が記されている。そのあまりにクリティカルな内容に、サンタは思わず考え込んでしまっていた。

〝やり残したこと〟の最たるものとして、スクイの顔が思い浮かんだからである。

具体的にはファミレスにいたときに詳しく聞きそびれてしまった、もっと歌集を読んでください というアドバイス。その翌日に送った短歌で気まずい空気になったせいもあって、ずっとスクイとその話をできずにいたのだ。

だがせっかく思い出したのだから、これもいい機会というものだろう。

『そういえば今さらだけど、歌集を読むと何か良いことがあるのか？』

サンタは勢いに任せて、さっそくスクイにメッセージを送った。すると向こうも暇だったのかすぐに返事がかえってくる。

『むしろ良いことしかありませんよ。百利あって一害なしです』

『そんなに？』

『はい。過去の名選手のバッティングを見るのと同じです、と言えば伝わるでしょうか？』

「は……っ」

その文章に感動しすぎて、サンタは思わず声を出していた。クラスの何人かがびっくりしてサンタの方を向いたが、当人はまったくそれどころではなかった。

なにしろ引退したとはいえ、サンタは真剣にプロ入りを夢見ていた元高校球児。そんな人間に、今の直球ど真ん中の喩《たと》えが刺さらないわけがないからだ。

だがそこまでは完璧《かんぺき》に弟子を操縦していたスクイの誤算は、想定よりも少しだけサンタに行動力があったということだった。

サンタはそれからすっかり上の空のまま午後の授業を聞き流し、わずかな休み時間には全力で走って図書室に向かった。

さらに放課後には最寄りの図書館にも立ち寄ったし、本屋にだって足を延ばした。

しかしそれから全力で自転車を飛ばして十数分。

たどり着いたのは白樺女子学園《しらかばじょし》の正門前。

何を隠そう白樺女子はスクイの通っている学園で、やってきたのはもちろん本を借りるため。

どういうことかと言えば、単純に図書室にも街の図書館にも、サンタの好みに合う歌集がなかったという話だ。それならば近所の書店で買うという案も検討はしたものの、バイトもしていない高校生に歌集を何冊も購入するほどの余裕はない。そんなわけでサンタは、DMでは貸したくないと渋っていたスクイを直接説得しようと、大急ぎでここに駆け付けたというわけだ。

「はぁ、はぁ……まだ、行ってないよな……？」

物々しい鉄格子の門の前を避け、レンガ造りの外壁の脇《わき》にサンタは自転車を置いた。急いだせいで息は少し上がっていたが、生徒たちの下校はこれからがピークといった感じに見えた。

目の前を通り過ぎていくのは、はしゃぎながら帰路につく白い制服姿の女の子たち。そんな少女たちが、いつもの下校風景にはないサンタの姿を見つけるたびに歩みを緩める。それどころか仲間と顔を寄せ合ってひそひそと話しはじめたり、中にはわざわざ通りの反対側にまで移動して、なんとかフラペチーノを手に談笑しはじめるグループまでいた。忙《せわ》しなく動く左手にはスマホが握られていて、別の場所の友達と連絡を取り合っている様子が見て取れる。

「……別にこっちは中学生なんかに興味ねえんだけどな」

要するにサンタは、白樺女子の生徒たちに見られていた。正門前で誰《だれ》かを出待ちする他校の男子という存在は、よちよち歩きのパンダの赤ちゃんくらいに人気のある見世物だった。

だが今はそんなことよりも自分の師匠の方が大事で、サンタは居心地の悪さに耐えながらじっと待っていた。だんだんと門を通り抜けていく生徒の数は減ってきていたが、待ち人はまだ中にいるような気がしていた。なにしろあのスクイのことだ。よーいどんでスタートして、半分より前にいるところなんて想像がつかない。

汗を拭いながら視線を上げると、白亜の校舎に控えめな時計塔がついているのが見えた。

リハビリの時間までは余裕があることに安心しながら、サンタは学園の門を見つめていた。

2

「どうぞ、返却期限は二週間後です」

「……ありがとうございます」

そう言って図書委員に頭を下げながら、スクイは内心でため息をついていた。借りた本はスクイの家にはほとんど無いと言っていい、初心者向けの短歌の入門書。自分の教え方があの人にとって難しすぎないか、それを確認したくて借りた本だ。

だが探していたものが見つかったのは確かなのに、気持ちはまったく晴れやかではなかった。なぜなら用事がすんでしまったせいで、他に時間を潰《つぶ》す術がなくなってしまったからだ。昨日見ていた中庭の秋桜《コスモス》も花が咲くにはもう少し時間が掛かりそうだったし、一人で繁華街に赴《おもむ》くなんて絶対にしたくない。中学生らしく部活や委員会に勤《いそ》しむなんていうのも、三年の二学期からじゃどうにもならない。

そもそもスクイは、人ごみや人付き合いからして大の苦手なのだ。

幼い頃にうっかり短歌で使われるような古い言葉を口にしてからかわれたり、会話のテンポが合わないことで退屈がられたり、そういう小さなことが積み重なるうちに、いつの間にか人付き合いを避けるようになっていた。

仲の良い友人ができた時期もあったのだが、その子とすら喧嘩《けんか》別れをしたまま、転校によって離れ離れになってしまった。

そして今は個人的な悩みで他人にかかわる余裕がないこともあって、スクイは積極的に友人を作ろうという気がないまま過ごしている。そのせいでまっすぐ家に帰るしかないというのは、受け入れざるをえない当然の帰結だ。

「あれ……？」

だがいろいろなことを諦《あきら》めてやってきた正門前の様子が、いつもと違っていることにスクイは気がついた。普段ならとっくに下校して街に繰り出しているような生徒たちが、どうしてか付近にたむろしているのだ。

居心地の悪さを感じながら、その真ん中を俯《うつむ》き加減で通り過ぎる。それから門を出たところで右に曲がって、ようやく息継ぎをするように顔をあげる。

「おっ」

「え？」

ところがそこで目にしたものが信じられなくて、スクイの口からは思わず声が出ていた。

同時に、遠巻きに見ていた女生徒たちから、きゃーという小さな歓声が沸き起こる。遅ればせながら理解する。ここにいるすべての人間は、よりによって自分を待っていたのだと。

「よおスクイ。良かったよ会えて。ちょっと話したいことがあってさ」

「な、なんでここに……？　ダメです。帰って、帰ってください……」

「なんつーかさっきDMした件で、お前に大事な話があって――って、聞いてるか？」

「声が、声が大きいです……。えと、だから今はダメで……」

スクイがひそひそ声で慌てたとおり、二人は当然のように下校途中の生徒たちの注目の的だった。だが完全に委縮してしまったスクイとは違い、サンタがその程度の好奇の視線にひるむわけがないのもわかっていた。

というよりむしろその逆。サンタにはたまにある、何かに夢中になってはしゃいでいるときの声をして笑っている。

「いやな。俺《おれ》やっぱお前の家に行きたくてさ。ずっとスクイのこと待ってたんだよ」

「い、いいいい家とか、そんなの知りませんし。というかそれはダメって、さっき言ったじゃないですか」

「たしかにさっきはフラれちまった。けど、男として一回で諦めるのは違うよなって」

「ですから言い方……！　語弊が、語弊が乱れ飛んでいます……！　というか話すならせめて場所を変えるとか……」

「頼むスクイ！　このとおりだ！」

「お願いですからスクイの話を聞いてください〜！」

体育会系仕込みのお辞儀の射程から逃げるように、スクイは身体を縮こめた。サンタの頭にあるのは歌集を貸してもらいたい一心で、スクイのか細い悲鳴なんて聞こえていないのは明らかだった。

「あの、えとえとえと……スクイは、その……」

そのことに絶望しながら必死に考える。

サンタのそういうところは嫌いではなかったが、いくらなんでも今は場所が悪すぎた。

現に周りの人だかりは、自分たちのことを完全に誤解した様子でにやにやしている。

偶然目に留まった級友が、付き合いが悪い理由は男がいたからかと笑っているように見える。その性質の悪い妄想に憑《と》りつかれた瞬間、一気にスクイの頭に血が上る。いくら理性でそんなわけがないとわかっていても、影で誰かが笑っているように思えてくる。鼻の奥がつんとして、かつて祖父のような喋《しゃべ》り方をしてしまったときの記憶が甦ってきた。

――スクイちゃんて、なんか変。


「ち、ちが……」

その忌まわしい台詞《せりふ》が頭の中で響いて、口の中がカラカラに乾いて動かなかった。

これだからしゃべるのは嫌いなのだと叫びたいくらいだった。言いたいことはいくらでもあるのに、どうしても必要なときにちょうどいいサイズに収まってくれない。一拍置いたあとの文字でなら、あるいは慣れ親しんできた詩歌《しいか》だったら、いくらでも想《おも》いを書き起こせるのに。

だがそうこうしているうちにも、周囲のひそひそ話は勢いを増していくのだ。

どんどん膨れ上がっていく誤解と偏見を、スクイはどうすることもできなかった。ただ軽く挨拶《あいさつ》をしてすぐに学校から離れる。そんな当たり前の行動が正解だったことに今さら気づいたが、もはや手遅れとしか言いようがなかった。

こんなのもう、どうすることもできない――。

だが絶望の淵に立たされたスクイはそこで、白樺の女子にしてはメイクを盛った、背の高い少女が歩み出てきたことに気がついた。

見覚えがある。たぶん校内で一番短く折っているスカートと、明るい金色に染めた髪が目立つ、モデルのような女の子。垢ぬけた高校生と言っても通じそうなくらいに派手で、気の強そうな表情が印象的なその生徒は、大伴《おおとも》という名のクラスメイトだった。

その彼女が、スクイの前に身体を滑り込ませるようにしてサンタと正対する。背中で押されるような格好になったスクイは、後ずさりながら彼女が話しはじめるのを聞いていた。

「こんちは先輩。その制服、京英《きょうえい》の高等部が着るやつっすよね」

「なんだ、うちのこと知ってんのか。ええと――」

「にっひひ。あたしは大伴家奈《かな》、気軽にカナちって呼んでいいっすよ。涼風《すずかぜ》さんとは同じクラスでーっす」

「お、おう」

重ねてきた場数の差か、カナは高校生とも気後れすることなく会話していた。どうして出てきたのか不思議に思ったが、助けにきてくれたのかもしれないとも考えた。

なぜならカナはスクイたちB組の中心人物であり、誰にでも分け隔てなく話しかけてくれる正義感の強い人だからだ。

「それで～せんぱぁい。もしよかったらなんすけど……あたしと遊びにいきません？」

「え、なんで？」

「だって涼風さんみたいなしゃべらない子より、絶対あたしの方が楽しいと思うし？」

「いや俺は――」

「ていうかそもそもこの子は嫌がってるじゃないっすか。そういう女の子を無理やりみたいな性癖、本気でエグいくらい嫌われるやつだからね」

スクイの想像は当たっていたらしく、カナはそんなことを話しながらも、もう一度後ろのスクイに背中でぶつかった。今のうちに逃げろと、彼女はそう言っているようだった。

「おい」

ところがスクイとカナの関係を知らないサンタは、何度もスクイを弾《はじ》き出《だ》そうとするカナに悪い印象を持ったらしい。珍しく棘《とげ》のある声を出したかと思うと、憮然《ぶぜん》とした表情をカナに向けている。

自分のために怒ってくれているのはうれしかったが、そうじゃないと伝えることはできなかった。身体がすくんで声を出せなかったのもあるが、大きく後ろに下がった拍子に、人ごみの奥にいた生徒たちの会話が聞こえてしまったからだ。

「なんかマズくない？　私、先生呼んでくる」

「えっ？」

振り返って「やめて」などと口にすることはできなかった。そんなことができるなら初めからこんな状況に陥《おちい》っていないし、駆け出していく足音はすぐに離れていってしまったからだ。

きっとカナとサンタが睨《にら》み合《あ》うようなかたちになってしまっていて、一触即発の空気に見えるのがよくなかったのだろう。なにしろここは白樺女子。温室育ちのお嬢様たちからしたら、校内の人気者が他所の男子高校生に睨まれているなんて恐怖でしかない。

けれどスクイだけは、サンタが本を借りにきただけということを知っていた。

そしてカナに関しても、スクイを助けにきただけということを知っていた。

スクイ以外の人物が全員思い違いをしているだけで、本当は教師を呼ばれる要素なんてどこにもありはしないのだ。

どうしたらいいんだろう。

差し迫る危機を知らないサンタとカナを見ながら、スクイは必死に考えた。

もはや一刻の猶予もないというのに、この状況を正しく理解しているのは世界中でスクイだけだった。

だいたいサンタは気にしないと言うだろうが、それなりに名門である白樺女子で教師に捕まるというのは、どう考えてもよくないことだった。まして何かの間違いで自分の家や有力者の保護者にまで話が届いたら、絶対に不利益《ふりえき》があるに違いなかった。

だからどうにかして、今すぐにこの場を収めないといけない。

泣きそうになりながらも、スクイは覚悟して顔を上げた。

サンタを助けられるのは、世界中でスクイだけだったからだ。

「わたしが……っ」

無意識に出た言葉の裏では、初めて入門書を手にしたときに見せてくれた、屈託《くったく》のない笑顔が浮かんでいた。

遠い日の自分を見ているようで涙がこらえきれなかったあの表情を、今度は自分が曇らせてしまうのは絶対に嫌だった。

たしかにこの騒ぎの直接の原因はサンタだが、彼はただ純粋に上達したいと願っているだけで、何も悪いことはしていないのだ。

スクイだって毎日頑張っているこの愛弟子《まなでし》に、出来る限り応《こた》えてあげたいと思っているのだ。

何か訳ありであることを察しているからこそ、一日も早くこの人が心から笑えますようにと。

「こんなの……馬鹿《ばか》げてます」

周りの人間が怖いとはもう思わなかった。

いつの間にかスクイの中で、それよりもずっと最優先で考えるべきものが生まれていた。

毎日おかしな歌ばかり送ってくる、いまいち師へのリスペクトが足りないこの人を。

今日はこんなことを思ったよと、拙《つたな》い言葉でも一生懸命伝えてくれるあの歌を。

ただそれを守ることだけを考えて、それだけのために行動できるような気がした。

たとえそれが、サンタから嫌われるようなものだったとしてもだ。

「先輩……っ！」

涙をこらえながら、スクイは意を決して呼びかけた。

びっくりした顔でサンタがこちらを見たが、説明している暇はなかった。

きっとよっぽどのことをしないと、サンタはここを去らないだろう。中途半端《ちゅうとはんぱ》なことを言えば、かえってスクイのことを心配して動かなくなるなんてことも考えられた。

だから今すぐサンタを逃がすために、スクイは精一杯に声を張った。

「っ……迷惑です……！」

「え？」

「約束もしてないのに勝手に押しかけて、わたしはとても困っています。……二度と姿を見せないでください……っ！」

そう言って思いきり頭を下げた拍子に、涙の粒が弾け飛ぶのが見えた。

わずかな間があって、「わかった、悪かったな」という言葉が聞こえた。

くすくすと聞こえてくる野次馬たちの嘲笑を浴びながら、サンタが自転車で去っていく。

呼び止めようとした言葉を必死に我慢して、みるみる遠ざかっていく後ろ姿を見送る。滲《にじ》んだ視界の中からサンタが完全にいなくなってからも、スクイはその方向から目を離せなかった。

「大丈夫涼風ちゃん？　怖かったよね、けどもう大丈夫だから」

そんなスクイを見かねてかカナが抱きしめてくれるが、自分がしたことへのショックはやわらがない。あのサンタが自分なんかに拒絶されたくらいで落ち込むとは思わなかったが、それとこれとは全然違う話だった。目論見《もくろみ》どおり野次馬たちも散り散りになって、大事《おおごと》になるのも防げたものの、悲しさと罪悪感で涙はちっとも止まりそうにない。

ただしばらくのあいだそんなスクイをじっと見ていたカナだけは、何かに引っかかりを覚えたみたいだった。

「えっと、涼風ちゃんはなんでそんなに泣いてるの……？　怖かったかもしれないけど、あの人もう行っちゃったよ。意外と物分かり良さそうだったし、きっともうこないよ」

「っ、そ、そんなの……」

言うまでもない。なぜならスクイはそうなってしまうのが一番悲しいのだ。けれどどこまで説明すればいいかわからず、言葉を続けられない。

「ん〜……。もしかしてなんだけどさ、涼風ちゃんてほんとはあの人と仲良かった？」

「えっ？」

「当たってる？」

「え、いや、その……」

「あーね……わかってきたかも。そっかそっか。余計なことしちゃったか」

「あの、えと、その……」

「大丈夫大丈夫！　それならそれでなんとかなるって！　だってほら、あそこにあるのうちの自転車なんだけどさ」

「え、はい……？」

「あたし、自転車漕ぐの結構爆速だよ？」

「乗せてくれるんですか……っ！」

勢い込んで返事をしたせいで、スクイは言い終えてからむせてしまっていた。けれど身体は勝手に動いていて、既にカナの腕を取って自転車の方へと急かしていた。

けれどそれならまだ間に合うかもしれない。

今ならまだ追いついて、誤解をとけるかもしれない。

そんなスクイの様子に笑いながら、カナが颯爽とサドルにまたがる。その背中にスクイも力いっぱいに抱きつく。同級生と二人乗りをするなんて、スクイの人生で初めてのことだ。

「んじゃしゅっぱーつ。いくぜいくぜいくぜー」

その声に顔を上げて前を見ると、サンタが去っていった道の信号が、ちょうど青になったところだった。

3

白樺女子を出たサンタは、リハビリで通っているクリニックへの道すがら、京英学園の正門前で自転車を下りた。

別に今すぐにそちらに向かってもよかったのだが、予約の時間はまだ先だし、患者でごった返す待合室の居心地がよくないことも知っていたからだ。

だが校内に戻ったところでやることはないと気づき、ガードレールにもたれかかりながら思わず呟く。

「にしても……。俺って、スクイのこと全然わかってないんだな」

それはサンタの偽らざる本音であり、ここ最近で最も大きな反省の弁でもあった。

スクイに最後ああ言われてしまったこと。

普段のスクイが、自分の知っているスクイとは違った様子だったこと。

自分のことに夢中になるあまり、そんなスクイのことをまったく考えていなかったこと。

何もかもが不甲斐《ふがい》なくて、気を抜くと延々とため息が出てくる。

というよりサンタが忘れていただけで、出会ったばかりのときのスクイもやはり、さっき学校で見たスクイのはずだった。あのときは偶然短歌の話になったおかげで警戒心を解いてくれたが、それ以前のスクイはたった一人で涙まで流していたのだ。

どうしてそれを忘れていたのだろう。

見逃してはいけない何かが、そこにあったに違いないのに。

「あー！　やっと追いついた！　しんど！」

だがサンタがそんな忸怩《じくじ》たる思いを噛《か》みしめていたところに、カナが立ち漕ぎをしながら姿を現した。そしてさらに信じがたいことに、後ろの荷台にはスクイの姿までもが確認できる。

ぽかんとしたままそれを眺めていると、二人は自転車から降りてサンタの前に立った。

真正面に立ったカナの背中から半分だけ顔を出しながら、スクイはイチゴみたいな顔色をして俯いていた。

「えと……えとえと、先輩……っ！」

「ん？　なんだ」

「あっ……わ、わた、わた……」

「わた？」

「〜〜っ」

ところがスクイは鳴き声のような声をわずかに漏《も》らした後、サンタと目が合った瞬間に脱兎のごとく逃げ出してしまった。そして十メートルばかり離れたところで、こちらの視線から逃げるように街路樹の陰に身を隠す。やはりサンタの先ほどの行動が尾を引いているのか、まだ向き合って話してくれるほど怒りは収まっていないらしい。

ため息を吐《つ》きながら、サンタはすぐ隣にいるカナに話しかけた。

「なあ大伴さん。ほぼ丸見えなんだけど、あれなんだと思う？」

「あー。やっぱ今はまだ、パイセンの顔まともに見れないんじゃない？」

「そうか。そこまで嫌われたのか……」

「まあパイセンを追いかけたいって言ったのは涼風ちゃんなんですけどね」

「たしかに文句のひとつやふたつ、言われてもしょうがないよな……」

「さっきから解釈不一致すぎて笑える」

「笑いごとじゃねーよ」

なぜかカナには一笑に付されて終わったが、明らかにスクイに避けられているという事実にサンタは落ち込んでいた。自分の軽率さが招いたこととはいえ、このしっぺ返しはなかなかダメージが大きかった。

わざわざここまで来てくれたのだから、嫌われてはいないかもしれない。そんな甘すぎる期待を最初に姿を見たときは抱いたものだが、世の中そんなに上手《うま》くはいかないらしい。

とはいえ今回の非が自分にあるというのは、既にサンタ本人も認めるところ。今ここでスクイを呼び寄せるのは諦めるしかないと、再びカナの方へと視線を向ける。

「まあ俺が悪いんだし仕方ないよな。それに大伴さんにも、さっきは悪いことしたと思ってる。俺、てっきりお前のことスクイを虐めてるような奴《やつ》だと思ったんだけど、一緒にここまでくるってことは違ったんだな」

「うわ、それ酷すぎー！　けどまあ大丈夫っすよ。あたしもついに涼風ちゃんのストーカーが出てきたと思って、それで慌てて飛び出したんだし」

「そっちのがひでえし」

あらためてお互いの勘違いを確認し合い、少しだけ苦笑いを浮かべる。

それからカナは舐《な》めるようにサンタを見たあと、にやりと口元をゆがめて言った。

「で結局、パイセンって涼風ちゃんのなんなんすか？」

「なにって……普通に友達だよ。ちょっと前に図書館で知り合って、そこからたまに連絡取ったりしてる」

「ほんとに？　涼風ちゃんがずっと悩んでる原因とかじゃない？」

「それが二学期から始まったんじゃなければ、たぶん違う」

あまりに出来の悪い弟子の育成に悩んでるとかじゃなければ、サンタに心当たりはひとつもなかった。もっともそれを完全には否定できないところが苦しいが、出会う前からスクイは泣いていたことも考えると、サンタ以外のところに原因があると考えた方がしっくりくる。

そしておそらくカナの方も、元々似たような結論に達していたのだろう。それ以上食い下がってくることもなく、代わりに自分にも質問してほしそうに目をキラキラさせていた。

「はぁ……。で、大伴さんはスクイとどんな関係なんだ？」

「ふふん。あたしはさっき言ったとおり、普通にクラスの友達！」

「そうなのか。でも友達ってほど仲良さそうには見えなかったぞ」

「うっ……。ほんと言うと友達ってのは盛ったかも……。友達になりたいな、みたいな？」

「なればいいじゃん」

「それができるならやってるし……！　いいすかパイセン。涼風ちゃんはほんっとにガードが堅くて、そう簡単にお近づきになんてなれない子なんです。うちなんて仲良くなろうと思ってからもう一年以上経《た》ってるんすから。ていうかそれくらい前からずっと落ち込んでるって感じで、もうどうやったら友達になれるか全然わかんない！」

「俺は出会ったその日に連絡先交換したぞ」

「お？　自慢すか？　いったいどんな汚い手を使ったんですか！」

「別に特別なことは何もしてないんだが」

「絶っ対ウソ！」

　カナにそう断言されてしまったが、特別なことはしてないというのはサンタの正直な気持ちだった。というより、何もかもスクイが優しいやつだからというのが全《すべ》てだと思っていた。今にして思えば、あの頃のサンタは相当に落ち込んでいた。だからスクイは、たまたまサンタの短歌からそれを読み取って、あんなにも親身になってくれたのだ。

　とはいえそれも勝手な想像でしかない。スクイがいい奴であることに疑いの余地はないが、それでもまだ知らないことだらけであることを、サンタはついさっきも痛感したばかりなのだ。

「それよりもスクイって、普段はクラスでどんな感じなんだ？」

「う～ん、わりと気配がないっていうか、大人しくしてるんじゃないかな。二年のときは今ほどじゃなかったって聞いたことあるけど、あたしと同じクラスになってからはずっとそう」

「さっき言ってた、落ち込んでるってやつか？」

「そうそれ。実際涼風ちゃんが誰かと笑ってるところって、あんまり見たことないんだよね」

「そうか。やっぱり俺の知ってるスクイとはだいぶ違うな」

「だからナチュラル自慢やめてもらっていいすか」

そう言ってカナがサンタの脇腹《わきばら》を冗談でパンチしてくる。

今のサンタからしたら普段のスクイを知ってる方が羨《うらや》ましいのだが、そのあたりは立場や出会い方の違いからくる認識のズレなのかもしれない。

ところがサンタがそんなことを考えはじめた矢先、

「あら。まだ残ってたのね」

不意によく知った声が背後から聞こえてきた。

慌てて振り返ると、そこにあったのは手毬《てまり》の姿。

他校の生徒と一緒にいるのを珍しがっているのだろう。不思議そうに小首をかしげながら、にこやかにサンタに微笑みかけている。

「せっ、先輩？　なんでこんなとこに？」

「なんでって、あたしがここの生徒だからだけど？」

「なるほど……。たしかにそれはそうですね。何もおかしいところがない……！」

「ふふ、慌てすぎ。なあに、やましいことでもしてたの？」

「そっ、そんなわけないじゃないすか。あっ、ちなみにこいつは俺の知り合いで――」

「あ、うす。大伴で～す。さっき先輩に声かけられてついてきました～」

「お前マジでそういうのやめろって」

「だって急に態度変わるじゃん。実際慌てすぎだし、あたしらのときと違いすぎるし」

「ふふふっ。はじめまして。あたしは月島《つきしま》って言います。賑やかで楽しいお友達ね」

「さっき会ったばっかなんすけどね。あとあっちの木の陰に隠れてるのも知り合いです」

ギャルとお姉さんというのは、実はあまり相性がよくないのかもしれない。

なぜか不機嫌になりだしたカナを話題から遠ざけようと、サンタはスクイの方に話を移した。

だがそのスクイの方も、どうしてかカナと不機嫌さを共有しているらしい。さっきまでとはまた違った感じの冷たい眼差《まなざ》しで、ジトっとサンタを見つめてきている。全体的に白っぽい見た目も相まって、静かに怒りをたたえるエルフや雪女のごとき迫力だ。

とてもじゃないが、みんなで和やかにお話を、なんて雰囲気ではない。

「ふむふむ。なるほどね」

そんな空気を知ってか知らずか、手毬は楽しそうに含み笑いを漏らす。

サンタが知っている手毬の性格のうち、見た目に反して意外と悪戯《いたずら》好きな部分。なぜかそれが今この瞬間に出現していて、絶対に何か困ったことが起こる予感がした。

そして悲しいことに、こういうものは悪いときばかり的中するのだ。

「まあそれぞれ事情は複雑みたいだけど、あたしはここでキミに会えてうれしいわ。今日は一緒に帰りましょうか」

「へっ？」

その悪い予感のとおり、手毬は満面の笑みでそんなことを言い出していた。

彼女の申し出はまさに青天《せいてん》の霹靂《へきれき》で、サンタは思わず言葉を失っていた。だが同時にびっくりするくらい強烈なプレッシャーに、背中がひりひりしてくるのを感じる。

慌ててそちらに目を向けてみると、いつの間にか街路樹一本分こちらに近づいていたスクイが、昏《くら》い目をしながらサンタを凝視していた。

「よし任せろ！」

カナがそれを見てスクイの傍に駆け寄り、楽しげに何かをまくしたてている。

拒絶から困惑。そして羞恥。

感情の流れが一目でわかるほどに、スクイの表情は順番に移り変わっていった。それでも一生懸命何かを説得しているカナにほだされたのか、手元の端末に何かを打ち込みはじめる。

ぴろん、と音がしてサンタのスマホが光る。

『歌集、貸します』

「え、今？　なんで？」

表示されていたのは、かかった時間には見合わない短い文章だった。だがそれは今日の昼からずっとスクイが渋っていた件でもあり、なぜ急に心変わりしたのかはわからなかった。

それなのにスクイの隣では、カナが得意げな顔で親指をぐっと立てている。

ターン制バトルかのように、今度は手毬が挑発するような笑みを浮かべてささやいた。

「それでどうする？　一緒に帰る？　それともまだ時間あるし、二人でどっか寄り道しちゃおっか……？」

ぴろん。

『週末！　本を借りにうちまで来てください！　待ってますから‼』

手毬の声が耳元で聞こえて、間髪入れずスクイからのＤＭも届く。

もはや訳がわからない状況で、サンタはパンク寸前だった。

「んでパイセンって～、ぶっちゃけ年上と年下どっち派なんすか？」

さらにトドメとばかりに、いつの間にか戻ってきていたカナがとんでもないことを口にする。

まるで火薬庫に大量のロケット花火を打ち込むかのような質問だ。

「いや真面目《まじめ》に何言ってんのお前」

「いやここは一発ぶっこんどくとこかなって」

「その判断絶対おかしいからな」

「そんなのいいから、答えはどうなんすか！」

「べ、別にどっちってこともねえよ。強いて言えば、同い年が一番絡《から》みやすい」

「う〜わっ、これ日和ってるわ」

「日和ったわね」

苦し紛れの回答を近くの二人から突っ込まれた上に、遠くでスクイも頷《うなず》いている。

「いいや本心だね。先輩も信じてくださいよ、っていうか友達に順位付けするような質問するのって普通によくないよな。ああよくない。よくないぞ大伴！」

「いやもう完全に誤魔化《ごまか》しにきてんじゃん」

「そうね。セリフもすっごい棒読みで三文芝居。キミが嘘《うそ》をつけないタイプなのは、ここにいる全員とっくにわかってるんだから」

「そうそう。パイセンって何かを隠そうとしててもバレバレなんですよね」

さらに集中砲火を浴びた上に、遠くでスクイもぶんぶんと首を縦に振っている。

状況があまりにも悪すぎて、サンタの頭はもはや完全に考えることを停止していた。

ふと思い出されたのは、過去に見たこれと似た光景。そう、これはあれだ。男子を交えて急遽はじまる、女子たちの恋愛トーク会。だが自分がそれに混ざって和やかに話をするのは不可能であることを、サンタはよく知っていた。なぜならサッカー部の武田が、ついこの前クラスで同じことをされているのを見ていたからだ。サンタよりもずっと女子慣れしていて爽《さわ》やかな武田ですら、半ば吊し上げのようなかたちでチクチクと攻撃され続け、最後にはメンタルに深い傷を負っていた。

あの日、夕焼けの教室で空を見上げていた武田の頰《ほお》に光った、一筋の涙。ここにきてあの光景の意味を悟ったサンタは、ようやく自分がするべきことを理解した。自分の身は自分で守らなければならない。脱出だ。

「ごめん！　俺、今日リハビリあるんで！　またな！」

捨て台詞のような言葉だけ残して、ダッシュで自転車にまたがる。

「そういうとこっすよパイセン」

「どうせ学校で顔合わせるのに」

『破門です』

三者三様の失望の言葉を胸に刻みながら、サンタはペダルを漕ぎはじめた。今日は本当に自転車で逃げてばかりだ。そのことに自分でも呆《あき》れながら、明日から武田にだけは思いきり優しくしてやろうと心に誓っていた。

五句

九月二十八日

1

「いや、この地図アプリ間違ってんじゃねえの……。これ旅館だろ……？」

白樺女子での出来事から、五日後の土曜日のこと。

晴れてスクイから歌集を貸してもらう約束を取り付けたサンタは、教わった住所を頼りにとある屋敷の前までやってきていた。しかし、どれだけ『涼風《すずかぜ》』という聞き慣れた名字の表札を眺めても、どうにもその付近の光景が信じられない。目の前にあるのは、江戸時代からそこに建っていそうな立派な塀。そしてその向こうに、美しい松の木やちょっとしたお城みたいな屋敷の屋根が覗《のぞ》いていて、まるで地方の名門旅館のようだ。

「でもなあ、たしかに涼風って書いてあるしなあ」

監視カメラにじっと見つめられながら十分以上門扉の前でうろうろして、サンタはようやく腹を決めた。スマホを取りだし、道に迷ったかもしれないとスクイにメッセージを送る。だがスクイは今スマホの近くにいないのか、いつまで経《た》っても既読がつく気配はない。

やきもきして、というより困り果ててスマホを覗き込んでいた顔をあげる。

すると目の前で、シンプルな白いエプロンをまとった若い女性がとても楽しそうにサンタを指差していた。

「きゃーっ、怪しい人発見ですー！」

「はっ？　いや、俺《おれ》はその、そうじゃなくて――」

「問答無用ですっ！　喰《く》らえ必殺、一一〇番！」

「だーっ、待ってください。違うんですってお姉さん。俺は今日ここの涼風さんのとこに遊びにきただけ。ほんとそれだけで、怪しいことはなんもないっすから！」

「えー、ほんとですか？　こう言っては失礼ですけど、涼風さんのとこのお客様にしては、ちょっといろいろ足りてないような気が……」

「は？　足りてないって何がですか」

「具体的に言えば……気品とか？」

「ぐっ」

「あとは知性とか」

「ぐはっ」

「それとなにより、勇気ですかね。まったく、涼風家の門の前には、五十往復したら特殊なフ

110

ラグが立つみたいなギミックはないんですからね」

「い、いつから見てたんですか……」

元気で明るい、まだ大学生くらいに見えるその綺麗《きれい》な女性は、独特のテンションですっかりサンタを呑《の》みこんでいた。それどころか突然サンタの手を取ったかと思うと、そのまま正門から離れるように駆け出した。敷地の角を右に曲がり、さらにまっすぐ進む。すると奥の突き当たり付近に少しだけ張りだした勝手口があって、サンタはそのまま敷地の中へと連れ込まれた。

勝手口の脇《わき》の塀にしな垂れかかりながら、その女性が赤面して言う。

「いけません、こんな……っ。身分違いの恋なのですよ……っ」

「いや……お姉さん、俺をからかってますよね」

遅ればせながら彼女がこの家の関係者であることを悟って、サンタはようやく状況が飲み込めてきた。この人は、サンタのことをはじめから知っていた。そのうえで、こうやっておかしなことを言って反応を楽しんでいたのだ。

「あら、少しは乗ってくれてもいいじゃないですか。格好良い方だなって本当にときめいているのに」

「うれしくなっちゃうんでやめてください。ていうかその口調、たまにスクイに似てますよね。もしかしてほんとにお姉さんですか？」

「いやいやそんな。私がお嬢様の血縁だなんて畏れ多い。ただの住み込みの家政婦ですよ。ご家族のお世話とか、おうちの雑務とか、そういうのをやらせてもらってる普通の女の子です。住居費と食費は無料《ただ》なのでわりがいいんです」

　今もまだ彼女は聞いてもいないことまで教えてくれて、対応に困るサンタのことをにこにこと見つめている。だがそこまで女性に免疫があるわけではないサンタとしては、冗談でも好きだ惚《ほ》れたと聞き続けるのは心臓に悪い。それでなくとも抜群に見た目のいいお姉さんなのだ。うっかり本気で好きになってしまいかねない。

「それで、お姉さんはどこまで知ってるんですか？」

　このまま流されるだけではたぶんろくなことにならないと悟ったサンタは、一度大きく深呼吸してから話を戻した。

「そうですねえ。貴方が大谷さんで、スクイお嬢様を強引《ごういん》に言い包《くる》めて押しかけたってところまではぎりぎり知ってます」

「ぎりぎりっていうかほぼそれで全部ですけどね。しかも大事なところが間違ってるし」

「でもお嬢様はいま手が離せなくて、いらしたことにも気づかなかったみたいなので、面倒ごとが起こる前にこちらで保護しておこうと思った次第です」

「それはありがとうございます。で、俺はこれからどうしたらいいんですか？」

「それはもうお姉さんに任せておいてください。きっちりばっちり、この家を案内して差し上げますよー。涼風家ツアーですっ」

「いや……まあいいか」

たぶんこの人に文句を言ったところで、軽《かろ》やかにいなされて終わりだろう。サンタは諦《あきら》めて目の前の美しい女性に従うことにした。明るい髪色はスクイと少し似ている気もしたが、小綺麗にまとめられたシンプルな髪型はあまり似ていなかった。その彼女が、歩き出した途端くるりと振り返って真面目《まじめ》な顔をする。エプロンの下の長尺のスカートの裾《すそ》が少しだけふわりと膨らんで、白いふくらはぎが覗いて見えた。

「……意外とフェティッシュな趣味をお持ちで？」

「真顔で変なこと言わないでください。それよりなんですか？」

「ああ。いつまでもお姉さんと呼ばれるところですし、あらためて自己紹介をと思いまして。藤原詩織《ふじわらしおり》と申します。できれば名前で呼んでくださればゆいですし」

「あ、はい。じゃあ……詩織さん。俺は大谷三球《おおたにさんた》って言います」

名乗ってくれたということは、多少なりとも認めてくれたということなのだろうか。詩織と名乗った女性の圧倒的パワーに気後れしながら、サンタも遅ればせながら頭を下げる。互いに顔をあげて視線を交わして、にこりと微笑んだ顔の綺麗さに思わず目を逸らす。

「お嬢様のこと、よろしくおねがいしますね？」

ありがちな年長者の挨拶《あいさつ》でしかないはずのその台詞は、本人のキャラとは裏腹に、不思議と冷え冷えとした印象をもってサンタの耳に届いた。

2

「お嬢様は昔から友達が多い方ではなかったので、ご友人をこうして案内できるなんて夢のようですね～」

日本庭園の中の小さな橋を渡りながら、詩織はまだ朗らかな声で話し続けていた。

内容はだいたいスクイの昔話。察するにここで働きはじめる以前から、この人は涼風家とかかわりが深かったのだろう。まるで本当のお姉さんのような眼差《まなざ》しで見てきたスクイの歴史を、たぶん話してはいけないエピソードを交えながら紹介してくれる。

たとえば幼稚園の頃にはもう人見知りで、絵本と過ごす時間が一番長かったという話。

あるいは小学校の修学旅行で、好きな相手もいないのに恋愛成就の滝の水を飲みすぎてお腹《なか》を壊した話。

さらには大人の女性に憧《あこが》れていて、背を伸ばすために毎日牛乳を飲んでいるなんて話。

どれもこれも本人に言ったら頰《ほお》を膨らませてお怒りになるのが目に見えていて、時限式の爆弾を会話デッキの中に埋め込まれているような気分だ。だが話自体はたしかに面白《おもしろ》くて、サンタは屋敷の中に入ってもまだ詩織と話し込んでいた。

「だんだんわかってきましたけど、詩織さんって結構悪戯《いたずら》とか好きなタイプですよね」

というより、悪戯に命を賭《か》けるタイプだ。

「そんなことありませんよ。こう見えて私は涼風家随一の慈愛の持ち主と自称してますので」

「そこは自称なのを認めるんすね……」

「でも実際、私ほどお嬢様のことをよく見てる人間は他におりません。その証拠にほら、大谷さん。そこの角からこっそり、中の部屋を覗いてみてください」

「そこの右手のとこですか？　いいですけど」

「いいですか。こっそりですよ、こっそり。くれぐれも物音を立てたり、顔を出しすぎたりしないように……！」

ひそひそ声で念を押されて、言われたとおり半分だけ顔を出す。

見えたのは和風の建物にはあまり似つかわしくない大きなダイニングキッチンで、奥の方でスクイが四角い箱を覗き込むようにして静止していた。どうやら四角い箱はオーブンレンジらしく、耳の辺りがほのかにオレンジ色に染まっているような気がする。その少し手前には、白い粉が散乱したままのカウンターがあって、ボウルやめん棒、ヘラといった道具も並んでいた。

「……あれは」

聞くまでもない。どこからどう見てもお菓子作りの光景で、焼き上がりを今か今かと待っているという状況で間違いない。

「うふふふふ。どうです？　どうです？」

「どうって、スクイがお菓子作ってますね。意外な趣味でした」

「あらあら〜。すっとぼけちゃって〜。うちの短歌バカのお嬢様が、お菓子作りなんて趣味にしてるわけないじゃないですか〜、このこの〜」

「いや、ちょ、くすぐったいですって」

突然わき腹辺りをくすぐられ、サンタは慌てて覗いていた顔を引っ込めた。あと少しで大笑いして、スクイに全部バレてしまうところだった。だがいくらサンタが鈍くても、あれがなんのためのお菓子であるかなんてさすがにわかっている。だとするとバレるのはどう考えてもいいことではなくて、今さらながら知ってしまったことに頭を抱えた。あとでスクイがクッキーを持ってきたときに、上手《うま》くリアクションを取ってやれる自信がまったくない。

だがその様子すら勘違いしているのか、詩織はずっとにやにやした表情で笑っていた。

「ちなみにお嬢様ですが、今日は土曜日なのにとっても早起きしたんですよ。いつもは昼まで寝てるくらい朝に弱いのに。なんでだと思います？」

「さ、さあ」

「答えはもちろん、スーパーの開店と同時にお店に飛び込んで、お菓子作りに必要なものを買うためです！　大谷さんにも見せたかったですよ。そわそわして、何度もレシピと材料の確認を求めてくるお嬢様の、あの小動物のような愛らしさを――」

「あれですね。あんま雇い主に対する敬意とかない感じっすね」

「敬意の代わりにとびきりの愛を胸に秘めてますので、ご心配には及びませんよ～」

心配なのは普段のスクイがこの人にどれくらいからかわれているのだろうということだったのだが、下手に指摘すると矛先が自分に向きそうで言えなかった。けれど仲が良いのはもう十分にわかっていて、彼女が信頼に足る人物だというのも理解できていた。

「ははっ」

それがうれしくて少しだけ笑う。いつの間にかすっかり緩んでいた詩織への警戒心を、向こうも感じ取ってくれたのだろう。彼女はそこで今までで一番自然な笑顔でサンタに微笑みかけたかと思うと、

「お嬢様～、クッキーは焼けましたか～？」

流れるようにキッチンの中へ入っていった。しかもさりげなく立ち位置をずらしているせいで、スクイの視線はサンタのいる方向とは絶妙にずれている。手品師か忍者みたいなだと感心しながら眺めていると、詩織が背中側に隠した手で、あっちへ行けとジェスチャーしていることに気がついた。

「あれ、詩織。どうしたんですか？」

「どうしたじゃないですよ。門の前でご友人が困っていらっしゃったので、応接間に案内しておきましたよ」

「え、もうそんな時間ですか？」

「ええ。向こうのテーブルでスマホ光ってましたし、ひょっとして連絡を無視してたりするんじゃないですか～？」

「ええっっ。違うんです違うんです先輩――って、本当です！　電話もＤＭも無視しちゃっています……！」

これ以上の長居は無用だと、サンタは途中で見かけたソファのある部屋へと戻った。

焼けたばかりのクッキーを皿いっぱいに盛った詩織と、いつもよりちょっとだけ情緒不安定なスクイが姿を見せたのは、それから十分ほど後のことだった。

3

人間には、ふとしたことで人生を振り返る瞬間というのがある。

「お、お邪魔します」

スクイと詩織に長い廊下を案内されて辿《たど》り着いたスクイの部屋。そこに足を踏み入れた瞬間というのがまさにサンタにとってのそれで、思えば生まれて初めて年の近い女の子の部屋に入ったという事実にサンタは打ち震えていた。

いっそ息を吸ったらいけないんじゃないかという謎《なぞ》の強迫観念まで感じてしまって、自室とは違う甘い香りに心が落ち着かない。冷静になってみればその香りは焼きたてのクッキーによるものがほとんどではあったが、舞い上がった男子高校生にそんな観察眼は期待すべくもない。

「それではごゆっくりどうぞ。またきますね、大谷さん」

「こなくていいです。詩織はすぐ意地悪言いますもん」

「ばいばーい」

一方、サンタがどうにかして気を鎮めようと頑張っている横では、語尾に♪でもついていそうなほど楽しげな詩織を、スクイが追い出すようにして見送っていた。

その様子を眺めながら、もう少しだけ彼女にも居てほしかったとサンタは思う。

なにしろ緊張しすぎて、何を話せばいいかわからない。既に場の空気が、ちょっと洒落にならないくらいぎこちない。

「どうぞ適当に座ってください――って、あのっ、でもスクイのベッドには座っちゃダメです……っ！」

「お、おう」

緊張のあまりつい自室でのような行動を取ってしまったサンタを、大慌てでスクイが止める。

というより部屋の真ん中に小さなテーブルがあって、本来サンタが座るのは明らかにそちら側だった。スクイと同じくらい慌ててそちらへと移動し、誤魔化《ごまか》すようにクッキーを口の中に放り込む。真ん中あたりが変に柔らかくて冷めている気がしたものの、それでも小麦粉と砂糖と卵、それから牛乳が混ざって焼けた洋菓子の味がして、サンタはようやく人心地ついた。

「どう、ですか……？」

いつの間にか入れ替わるようにベッドに腰かけていたスクイが、遠慮がちに、けれどキラキラした瞳《ひとみ》で訊《たず》ねてくる。

「え？　ああ、美味いよ」

「本当ですかっ？」

「ああ。別に嘘《うそ》つく理由もないし」

二枚三枚と食べ進めてみても、やはり一枚目と印象は変わらない。そしてサンタの感覚としては、焼く前のホットケーキミックスだってそれなりに食べられなくはないように、多少焼き加減が甘くてもクッキーはクッキーだ。したがって食感が独特なクッキーだということ以外の感想は持っていなくて、スクイに告げたのもまったくの本心だった。

「よかった……じゃあスクイもいただきますね」

「毒見みたいな言い方するなよ」

「そういうわけじゃありませんし……うぐ」

「ところで歌集ってのはこっちの本棚にまとめてあるのか？　すげえな、読書家なんだなスクイって。歌集だけじゃなくていろんな本が揃《そろ》ってんじゃん」

「……適当にめくってみて、気に入ったのを持ってってください。あの、それよりこのクッキーなんですが、ちょっとばかり手違いがあったみたいでして……」

「うん？」

心なし瞳から光が消えたように見えるスクイが、話しにくそうに顔の前で手をこねこねと動かしている。だが肝心の台詞はなかなか出てこなくて、クッキーを摘まみながらしばらく待つ。

まったく手が進んでいないスクイを多少不自然には思ったものの、要らないなら自分が食べるまで。出されたら食う。食えるなら食う。食えなくても食う。昨今の高校球児にとって身体をでかくするのは至上命題でもあり、サンタはそういう教育を受けて育ってきていた。したがってスクイが遠慮していようと、ぽかんとした顔で自分を見ていようと、そんなところに忖度する気はさらさらない。

ただ食欲の方はさておき、焼き菓子を延々と食べ続けることにはひとつだけ難点があった。粉が口から水分を奪っていく。つまりは喉《のど》が渇くのだ。

「あっ」

しゃべりにくそうにしているサンタを見てそれに気づいたのだろうか。

再び目に光を灯したスクイがそこで唐突に立ち上がり、勢い込んで部屋を飛び出していく。と思いきやすぐにまた戻ってくると、廊下から顔だけ覗かせてこう言った。

「の、飲み物で挽回するのでしばらくお待ちください。というかスクイがお茶を淹れてくる間に、歌集の方を選んでおいてください。さっき先輩が見てた本棚にだいたいありますので」

「ん、わかった」

「それとちょっとの間一人で待っててもらうことになりますが、くれぐれも余計なことはしないでくださいね。へ、変なことしたら追い出しますからね?」

「わかってるよ。本借りにきたんだから」

ならいいですけどと言い残して、スクイがぱたぱたと廊下を走っていく。その音が聞こえなくなる頃にサンタも立ち上がり、言われたとおり本棚の前に立った。おそらくは大まかに時代ごとに分けてあるのだろう。なんとか和歌集のような古典が一番下の棚にあって、上に行くにつれて新しくなっているような気がした。

「とすると、俺向きなのは一番上か」

さっそく名前くらいは聞いたことのある有名な女性歌人の本を手に取って、ぱらぱらとめくってみる。それからその隣にある白い装丁の本。その隣の薄桃色の本と、一冊ずつ、数ページずつ、かいつまむように短歌を読んでみては次の本へと移っていく。

サンタでも胸が苦しくなりそうな女性的な恋の歌から、記号や数字などまで盛り込まれた不思議な歌まで、本の中には作家の数だけ短歌の世界があった。そこにはたしかにスクイが言ったとおり、イチローやバリーボンズ、ベーブルースの動画を見ているときのようなわくわくがあった。天才と呼ばれる偉人たちが、そう呼ばれるまでに費やした研鑽の集大成だった。

「レベルが違うよな」

当たり前のことが思わず口を突いて出るが、それは決して自分の至らなさに絶望してという訳ではない。それどころかサンタは、小学校の時にプロ選手のフォームを一生懸命真似したときのような心持ちを、久しぶりに思い出していた。

「先人の知恵、すげえわ」

感動しながら七冊目の本を棚に戻し、大量にある蔵書から数冊を選ぶ難しさに少しだけ笑う。

「ん？」

だがそこでサンタは、スクイがさっき座っていたベッドの傍にも、小さな金庫ほどのサイズの棚があるのに気がついた。しかもよく見ると鍵《かぎ》付きの扉が半開きのままになっていて、暗がりの中に本の背表紙が並んでいるのが目に入る。

スクイにとって何か特別な本なのだろうか。

もしくは一番お気に入りの歌集なんかは、別枠でこちらに保管してあるのかもしれない。

この扉が普段から開きっぱなしになっているものとはとても思えなくて、サンタは不思議に思いながらその本棚に手を伸ばした。

「そういえば珍しく早起きしたとか言われてたな」

しっかりしているようで子供っぽいスクイのことだ。夜に開けっ放しにしていた本棚の鍵を、早朝寝ぼけていたせいで締め忘れた。なんてストーリーはいかにもありそうな気がした。

『抱いて縛って囁《ささや》いて　～貴方のその手に囚われて～』

手にした本は、思ったよりパンチの効いた題名の、ややエロチックな表紙のものだった。

「スクイって……意外と子供っぽくもないのか……？」

サンタは鳥かごとシャツをはだけさせた美男子が描かれた表紙を眺めながら、頭の中でこっそりスクイの評価を書き換えた。

ついでにその内容にも興味津々ではあったが、中を見るのはさすがに気が引ける。後ろ髪を引かれる思いで本を戻し、その拍子に今度はまた別のタイトルが目に飛び込んでくる。

『妹が優秀なのでお前はもう要らないと捨てられた貴族の令嬢ですが、隣国の王子と救世の勇者がなぜかわたしを巡って喧嘩《けんか》をはじめました』

「なるほど……なるほど？」

内容はいまいち想像がつかないが、こういった長いタイトルが流行ってるとは聞いたことがある気がする。

『JUST　LOVE　――一年後の幸せな私から、半年前の貴方へ――』

「ああ、これはなんか聞いたことある」

それはサンタでも知っている大ヒット恋愛小説で、売り出し中の若手女優と人気男性アイドルを起用した映画にもなっていたような記憶があった。もっともそれに原作があって、ボイスドラマ同封の特装版なんてものが発売されていたなんてのは、たった今初めて知った事実ではあったけれど。

「つかあれか。この本棚って、要するに全部恋愛小説なのか」

ついインパクトの強いタイトルに目を奪われてしまったが、恋をするとか愛してるとか、よくよく見ればヒットした近年のラブストーリーの書名がずらりと並んでいる。

サンタはあらためて顔をあげ、大量にある本に注目してぐるりと部屋を眺めた。

短歌が得意だというスクイの部屋には、歌集のみならず文学や普通の恋愛もの、果ては男子が読むような冒険ものまで、たくさんの本が並べられていた。サンタのようにひとつのことに打ち込んできたのとは違う、柔軟な姿勢みたいなものが見て取れるような気がした。

文章や表現におけるスクイの頭の回転の速さは、こういうところからきているに違いない。

「やっぱすげえな、スクイは」

あらためて実感する自分の師の凄《すご》さ。

だが思わずそれに感じ入ってしみじみと感想を口にしたところ、

「あ……あ、あぁぁぁ……」

突然、部屋の手前側から、目覚めたばかりのゾンビのような呻き声が聞こえてきた。

「ん、おお。おかえり」

「な、な、な、ななな……」

「どうした。顔色が悪いぞ」

「何をして、何をしてるんですかぁ……！」

「何って、本を選んでろってしょーが」

スクイが声にならない声で叫び、淹れたてのお茶をこぼしながらテーブルに置いて、サンタが手にしていた本をひったくる。サンタのあっけらかんとした説明なんて耳に入っていないらしい。どちらかといえばきびきびとしていない普段の動きとはうってかわって、神速と呼べるほどの身動きで例の本棚に鍵をかける。それからぺちぺちと、突き押し型の力士のような回転速度の突っ張りで、サンタのことをドアの方へと押し出そうとしてきた。

「それは歌集の話ですぅ！　こっちの本棚を見ていいなんて一言も――」

「お、おお。それは悪かった。でもなんかこっちにも本があって、もしかしたら歌集かなって思ったら一回覗いてはみるだろ？」

「見ません！　ていうか出てってください。おかしなことしたら叩きだしますよって言ってきましたよね……⁉」

「ええ、なんでだよ……」

さすがにサンタとしても、蔵書の一部を見ていただけでおかしなことと断罪されるのは納得がいかない。

「ほら早くしてください。出ていかないなら、先輩はもう破門ですから」

「……JUST　LOVE　――一年後の幸せな私から、半年前の貴方へ――」

「――っっ‼」

「妹が優秀なのでお前はもう要らないと捨てられた貴族の令嬢ですが、隣国の王子と救世の勇者がなぜかわたしを巡って喧嘩をはじめました」

「いやあああああああああ」

どうやら思春期の女の子にとって、集めている恋愛小説のタイトルを異性に読み上げられるのは相当に堪えるらしい。サンタの方は特になんとも思っていなかったのだが、試しに書名を読み上げてみたところ、スクイはベッドの上で頭を抱えながらごろごろと転がりはじめた。毛布をかぶってじたばたとのたうち回る姿は、なかなかコミカルで可愛《かわい》らしかった。と思いきや、毛布の端からすぽっと顔だけ出して、恨めしそうにサンタを見上げてくる。

「な、なんですか。そんなので弱みを握ったつもりですか。言っておきますけど、スクイはそんな脅しには屈しませんので！」

「抱いて縛って囁いて　～貴方のその手に囚われて～」

「いやあああああああああああああ」

救世の勇者とかが出てくるらしい二番目のファンタジー作品に喩《たと》えるなら、今のサンタはスクイ特効の極大精神攻撃魔法を操《あやつ》っているようなものだった。その証拠にスクイは、それこそ打倒されたラスボスのような断末魔の悲鳴をあげたあと、ベッドの上で完全に撃沈している。

だが何気なく呟いた本のタイトルの効力に、誰《だれ》よりも驚いているのはサンタ本人だった。

「えっと……なんかすまん。別に恋愛小説が大好きでもいいと思うぞ？　うちの親も恋愛ドラマとか配信でよく見てるみたいだし」

「知りません。話しかけないでください。今この瞬間をもって、先輩は破門になりました」

　ぷいっと音が聞こえてきそうな仕草で、器用にもスクイが寝転びながらそっぽを向く。その姿に何度か話しかけてみるが、まともに返事すらかえってこない。

　ほんの冗談のつもりだったのだが、ここまで機嫌を損ねてしまうのは想定外で、さすがに申し訳なさがこみあげてくる。

　だがサンタが自らの行いを反省し、謝罪の言葉を探しているうちに、スクイはまた想定外の台詞を口にしていた。

「……ずるいです」

「悪かったよ。ていうかずるいって何がだ？」

「……先輩ばっかりわたしのことを知っていくことがです。わりに合いません。スクイだって先輩のこと知りたいのに」

「そう言われてもな。俺は別に秘密も隠し事もしてないし」

「……どうして」

「ん？」

「先輩は、どうして野球を辞めてしまったんですか？」

「あー、それな……」

「隠し事はないって、さっき先輩は言いました」

意外なずる賢さに苦笑いしながら、腰を下ろして床に座る。別に話したところでどうなるわけでもないから、それを打ち明けること自体はなんの問題もなかった。ただスクイのことを真っすぐ見るのは照れくさくて、サンタはベッドのサイドフレームに背中を預けた。

毛布にくるまったスクイが、頭のすぐ後ろでもぞもぞと動く気配をうっすらと感じる。

「怪我《けが》だよ。別に大した話じゃなくて、打った球が顔に当たってさ。それで目が悪くなっちゃったってだけ」

「目が悪いと引退しないといけないのですか？　だって先輩はまだ――」

「まともにプレイできないし、運動中にめまいとかしたら危ないだろ？　チームメイトと激突して怪我させるかもしれないし、打球が当たって今度は血まみれになるかもしれないぞ」

「そんなのいやです」

「気が合うな。俺もだ」

そう言って笑ってみせるが、返事はかえってこなかった。代わりに布の擦《こす》れる音がして、背後でスクイが身体を起こしたのがわかった。

「なっ――⁉︎」

と思いきや、突然目の前にスクイの腕が現れて、首筋のあたりに巻き付いてくる。

びっくりして声をあげてしまったが、それでスクイが止まることもなかった。

かすかな息遣いが、耳のすぐ近くから聞こえる。どうやらスクイは、背後からサンタの頭を抱くような格好をしているらしい。

「……一応言っておくけど、俺はもう落ち込んでないぞ」

「わかってます。先輩は鈍いですから」

そう返事をしながらも、スクイがますます腕に力をこめてくる。

さすがに恥ずかしいとは思ったが、それを振りほどけるほどサンタの意志は強くなかった。

誰かのために胸を痛めることができる。スクイがそういう人間だということは、今までの付き合いでもよくわかっていたからだ。

こうなった以上は、気のすむまでそうしていてもらうしかない。

そのまま会話のない時間が、二人のあいだをゆっくりと流れていった。

体勢がつらくなってきたのか、しばらくしてスクイが身体を動かしたみたいだった。

密着していた部分が少しだけ離れ、息継ぎとともに迷いらしきものをかすかに感じる。

衣擦れの中でスクイが息をのむ。

「先輩……。わたし……」

再び心地良い重みが、少しずつ背中側から伸し掛かってくる。

だがそこで唐突に、無遠慮にドアをノックする音が部屋中に響き渡った。

「あの～、お嬢様？　大谷さん？　一応確認なんですけど、健全な少年少女にあるまじきことをしちゃってませんよね？　なぜか布が擦れる音しか聞こえてこないんですけど」

「してない！」

「してません！」

そのとんでもない発言に、スクイが飛び起きてドアを開ける。サンタも歩調をあわせて全力で詩織に食って掛かるが、冷静になってみるとベッドの上はくちゃくちゃに乱れているし、スクイの服もよれよれでとても何もなかったようには見えない。ついさっきサンタを一一〇番通報しようとした人に対して、状況証拠はあまりにも揃いすぎている。

「でも、それならお話もせずに二人で何をされてたんですか？　私はてっきり声を出したらまずいことでもしてたのかと」

「ばっ、そっ、そういうのとは違いますので……！」

もはや完全にそっちの線でしか見ていない詩織に、スクイは真《ま》っ赤《か》になって抗議していた。

しかしスクイがすっかりいつもどおりに戻ったこと自体は、サンタにとってはありがたいことでもあった。さっきのあれを経たあとでどんな顔でスクイを見ればいいのか、実のところ困り果てていたからだ。

「さすがっすね詩織さん。やっぱ頼るべきはずっと一緒にいる二人の絆《きずな》ってことか……！」

「あら～、大谷さんはなかなかお目が高い」

「何を言っているか全っ然わかりません……！　こんな意地悪なのが絆なら、今すぐ熨斗《のし》をつけて返してやりたいところです」

「うんうん。めでたしめでたしだな」

「何ひとつめでたくないのです……！」

サンタが納得して頷《うなず》き、その横でスクイが思いきりむくれている。だがそんな様子をしっかり見届けたあとで、詩織はまたがらりとテンションを切り替えていた。

「ところで大人の階段をひとつのぼったお嬢様に報告があるんですけど」

「ふんだ。知らないですし」

「じきに顕広《あきひろ》様がお戻りになるそうです」

「えっ、お爺ちゃんが？」

「はい。雑誌の取材が早めに終わったみたいで」

「……わかりました」

たったそれだけの報告で、スクイは完全に頭が冷えたように真面目な雰囲気に戻っていた。

「先輩。せっかくなので一口だけでも」

それからちょうどよい温度まで冷めた紅茶をサンタに勧め、自分は歌集の本棚の前に立つ。

「……それと、持っていきたい本は決めていますか？」

「え？　ああ、歌集か。そうだな、ぱらぱら読んだ感じ、まずはその白い表紙のやつと花の表紙のやつを借りてこうかなって思ってたとこだけど」

「わかりました。今日のところはこの二冊ですね。じゃあ行きましょうか」

「え、いや、まあそうだな」

お茶が美味《おい》しいと感想を言う時間も、なんとなくなさそうな雰囲気だった。それというのも全部、詩織が顕広という名前を出してからのことで、サンタは事情を詳しく聞きたいとつい思ってしまった。だが当事者であるスクイには、とてもそんな余裕はなさそうだ。

「送ります。先輩が迷わないように。ついでにちょっと散歩してきますので、後はよろしくおねがいします詩織」

「はい。お気をつけて」

「大丈夫ですよ。子供じゃないんですから」

「わかってますよ。お外で二回戦は危険ですよと言っているだけです」

「だから詩織さん。そんなのしてませんて」

本当にこの人は、いつだって茶化せるチャンスを狙《ねら》っているんだろう。詩織は真面目な話はこれで終わりだとばかりにふざけたことを言って、サンタとスクイを送り出した。

来たときと同じように裏の勝手口から家を出て、蟬《せみ》の声が降ってくる中を二人で無言で歩く。どうやら駅まで送ってくれるつもりらしく、ショートカットになるからと大きな公園を突っ切る道を案内される。喉は渇いていなかったが自販機で飲み物を買ってくると、はじめは渋っていたスクイも最終的には受け取ってくれた。買ったら何千円もする本を貸してもらうのだから、それくらいは当然のことでもあった。

「さっきのことですけど」

「ああ」

「ちょっと家にはいたくなかったので」

スクイがようやく切り出したのは、そのペットボトルのお茶が半分くらいになった頃だった。

「そうなのか？」

しかしサンタの記憶では、スクイは自分でお爺ちゃん子だと言っていた気がする。

「その、いろいろありまして……」

「無理強いはしないけど、あんま関係ない人だから吐き出せることもあると思うんだよな」

たとえばサンタが野球部の仲間には言えなかった苦しみを、短歌というかたちでスクイやマリアには打ち明けられたように。スクイだって、関《かか》わりの薄いサンタにだからこそ言えることがあるかもしれない。

「……関係ないだなんて、言わないでほしいです」

木々が増えたせいでさらに喧《やかま》しくなった蟬の声に紛れて、スクイはそんなことを言った。

「だから、先輩には言えることだけ伝えます。ほんとのことを言うと、この一年くらいずっと、お爺ちゃんと上手《うま》くいっていないんです」

「喧嘩でもしてんのか？」

「そんなようなものです……。お爺ちゃんはスクイなんかよりずっとすごい人で、スクイは小さい頃からお爺ちゃんに短歌を教わってきました」

「へえ。だからスクイはその歳《とし》であんなにも短歌に詳しいのか」

「短歌に関しては本当に妥協しない人で、すっごく厳しかったですけどね。でもそのおかげで上達はしましたし、とても感謝しています」

「でも、それならなんでその人と喧嘩なんてするんだよ」

「それはその……方向性の違い、みたいな」

「なんかバンドマンみたいだな。まあ歌を作ってる人たちって意味なら似たようなもんか」

「ふふっ、そうかもしれないですね」

スクイがようやくそこで笑ってくれて、場の緊張が少しだけほぐれたのがわかった。

だがサンタにできるのはあくまでそこまで。これ以上他所《よそ》の家の事情に首を突っ込むのは気が引けるし、一発でスクイの悩みを解消させるような気の利《き》いたことも言えそうにない。思い浮かぶのは、そのうち仲直りできるよなんて誰にでも言えそうなことだけだ。

だからそれきりかける言葉を失くして、また黙って公園の遊歩道を歩く。

しばらくすると立ち並んでいた並木が途切れ、公園の敷地外が見えてくる。その向こうにある大きな建物は、サンタが乗ってきた路線の駅舎だ。

「あ……の、先輩……」

スクイがかすれかすれの声でサンタを呼んだのは、サンタが公園の出入り口にあるU字の柵を通り抜けたときだった。

「ん？」

振り返ってみると、そこにあったのは泣いているとも笑っているとも取れる、酷く不安定なスクイの表情だった。

公園の外と内。

よくある柵の境界線を挟んで、二人きりで向き合う。イチョウの樹の影がちょうどスクイにだけおりていて、華奢《きゃしゃ》な身体が余計に頼りなく見えた。

それからこれはサンタの怪我の後遺症なのだろうか。影がスクイの上でゆらゆらと揺れるのにあわせて、スクイ本人の身体も前後に揺らいでいるようにも見える。

「えと、その……ありがとうございました。話を聞いてくれて」

「いや……。それより俺に出来ることがあればするからさ。何かあれば言ってくれよ」

「はい……。ありがとうございます」

「言っとくけど真面目にそう思ってるからな」

「大丈夫です。ちゃんと伝わってますし、その気持ちだけで十分ですよ。今はゆっくり考えて、そのうちお爺ちゃんとも仲直りするつもりですので。だから……大丈夫」

ただ一言「助けて」と。あるいは「大丈夫じゃない」と。そう言ってくれさえすれば、サンタにも口にしたい言葉はあった。けれどスクイはそれとは真逆の台詞を吐いたから、サンタも曖昧に頷いて視線を落とした。

目に入るのは自分のつま先と、オレンジの警告色で塗られたスチールの柵。

たった五十センチ。

手を伸ばせば容易く触れられる距離だというのに、そんなすかすかの障害物ひとつでサンタは身動きが取れなかった。かろうじて絞り出した言葉は本心だったが、スクイがそれに甘えてくれる様子もなさそうだった。おそらくサンタが信頼されていないわけではないのだろう。けれど、怖がりで自分のことを打ち明けるのが苦手であるというスクイの性格。それは先日の白樺女子での出来事からも明らかで、まだ胸に秘めたままの事情があるというのも想像がついた。

それを今ここで無理やり暴《あば》き出《だ》すというのは、サンタにはとてもできそうにない。お互いにここより先に踏み込めない以上、この話題を続けることはできなくなっていた。

「話変わるけど……この前の大伴《おおとも》さんはいい奴《やつ》だったな」

「……そうですね。前からたまに声をかけてくれたりはしてたんですけど、まさかあそこで出てきてくれるなんて思ってませんでした」

「スクイと友達になりたいって言ってたぞ。仲良くなれたらいいな」

「はい。わたしも大伴さんとお話できるようになりたいなって思いました。それにこの前一回だけですけど、お昼ごはんを一緒に食べました。たぶん、ううん、全部先輩のおかげです」

学校でのスクイの成果は、あくまでスクイ自身の努力の結果だ。おかげさまでと言われるようなことは、サンタは何もしていない。だがカナとの仲は実際に順調に進展しているようで、スクイはうれしそうな声でサンタに感謝を述べていた。伏し目がちに見上げてくる大きな瞳が、何度も瞬きしながらサンタのことを見つめている。

枝と葉の隙間《すきま》から夕陽《ゆうひ》がちらちらと射《さ》しこんで、スクイの顔を朱色に染めあげている。そよ風に揺れる光の悪戯《いたずら》をなぜか直視できなくて、サンタは大げさなくらい視線をそらした。

「うぐぐぐぐ……」

「先輩？　どうしたんですか？」

「……妹が優秀なのでお前はもう要らないと捨てられた貴族の令嬢ですが」

「へ？」

「抱いて縛って囁いて、あなたのその手で――」

「――な、なななななんなんですか！　せっかく幸せな気分で思い出に浸ってたのに……！」

「いや、なんか言いたくなった」

どうしてかは、サンタ本人もまったくわからない。ただ無性にいつもどおりのスクイと口喧嘩をしたくなって、気づけばそんなことを口走っていた。

「もう！　帰ります！　今日の添削は本気で厳しくいきますからね！　ふんだ！」

ぷんすかと身体全体で怒りを表しながら、スクイはそのまま行ってしまう。その背中を見て、どう見ても子供っぽいのは自分の方だったとため息が漏《も》れる。

電車に乗り、家に着くまでに頭を冷やそうと、サンタは冷房の真下に立って考えていた。

幸いにしてサンタとスクイの間には、歌会という専用チャンネルが常に用意されている。そこで今夜ムキになってしまったことを謝ろうと、景色が流れていく窓の外を眺めていた。

4

中庭の日本庭園を臨む、広々とした本宅の和室。

「おかえりなさいませ。お茶をお持ちしました」

この家の主人である涼風顕広は、従業員総出で出迎えないと怒鳴り散らかすような暴君ではない。むしろ性格としてはその逆。今日も人目を避けるように一人で私室に戻ったのを察して、詩織はお茶を用意して障子の前で声を掛けた。

「ああ、ありがとう」

「失礼いたします」

時刻はもう夕方ではあるが、最近ようやく色づきはじめた紅葉とその傍《かたわ》らの水景色が、刺すような陽射《ひざ》しを浴びてギラギラと輝いている。その眺めと厳しい残暑のなかで日本茶というのはどうなのだろうと、詩織はこうしてやってくるたびに思う。だが当人は帰宅したら熱いお茶だという拘《こだわ》りがあるようで、頑《かたく》なに他のものを頼もうとはしなかった。

「まだまだお暑いなか、お疲れさまでございました」

「ああ。そうだな」

「新華藝社《しんかげいしゃ》のご様子はいかがでしたか？」

「うむ。みな真摯にやっていたように思う。活気があった」

「それはなによりです。では私はお暇《いとま》しますので、用事があればお呼びください」

端的に言えば、この歳になってなお恥ずかしがり屋なのだ。誰かと打ち解けるのに数年から十数年はかかるのがこの老人の常であり、それは詩織のような住み込みの使用人に対しても変わらない。気軽におしゃべりをするという間柄には到底なれず、かといって居丈高にいろいろと命令されるようなこともない。詩織はいつものように弾まない世間話をわずかにかわして、いつものように部屋から出ていこうとした。

「ああ……そうだ。すまないが聞きたいことがある」

「はい？」

だがこの日に限っては、少しだけ勝手がいつもと違っていた。

「廊下で会った別の者に聞いたのだが、スクイに客が来ていたというのは本当か？」

「え、ああ……はい」

「用件はなんだ？」

「ええと、どうもご友人がお嬢様に本を借りにきたらしいですよ――少し前に流行っていたベストセラー小説とか」

「そうか」

本当のことを話して良いか一瞬迷ったあと、詩織はほんの少しだけ嘘を交えて顕広に報告した。去年から顕広とスクイの仲がこじれているのは当然把握していて、波風を立てる可能性がある話題は避けた方がよいと判断した。

それが功を奏したのか、顕広が詩織から視線を外し、のったりとした動作でお茶を啜《すす》る。

「……近いうちに、もう一度スクイと話をしなければならないと思っている」

「え？　ああ、たしか前回は途中で逃げられてしまったんでしたっけ。夏休みの最後の方あたりでしたか」

「うむ。この歳になると、月日が流れるのがますます早くなる。忘れないうちに、将来のことや覚悟の程などをはっきりさせておかねばな」

「その、覚悟と申しますと……？」

「何を生業とし、どう生きていくのか。そういったことだ。何かを極めようとするのであれば、時に何かを捨てねばならぬこともあるだろう」

「差し出がましいようですが、お嬢様はまだ高校にも入学していない女の子です。将来を決めてしまうのはあまりに早急なのでは……」

「藤原の言い分もわからんでもない。だがスクイが中学生になったのすらつい昨日のことのように感じるのだから、儂《わし》に残された時間というのも想像がつくというもの。先々の憂いは、早めに断っておくに越したことはない」

「それは……失礼いたしました。出すぎた物言いでした」

「構わん。藤原は儂よりはるかにスクイに近い。あいつの受け取り方の参考にさせてもらう」

「はい。それでは私はこれで」

いつもより恭《うやうや》しく頭を下げてから、詩織は顕広の部屋を出た。その足で玄関を覗いてみるが、スクイはまだ帰っていないようだった。

「どうせなら朝まで帰ってこないくらいの急展開が見たいんですけどね」

呟いて、実際にスクイが朝帰りをした時の想像で少しだけ笑う。

「さ〜て、どうしましょうか……。あ、そういえばお嬢様の進路希望調査書のことも、お伝えし忘れてしまいましたね」

袖《そで》で口元を隠すようにしながら、詩織は自分の部屋へと戻っていった。

顕広とスクイのこと。スクイの将来と友人関係のこと。それから少しだけ、自分のこと。誰にどんな話を持っていって、最終的な着地点をどこに定めるか。考えなければならないことは山のように積み上がっていた。

六句

十月一日

女子たちの悲鳴が響く帰り道　髪型ボンバー秋の長雨

『……先輩ってよく見てますよね』

『それは自分でも思う。最近はネタに飢えすぎてて、常に獲物を探してるハンターの気分だ』

『それ自体はとてもいいことだと思うんですけれど、ちゃんといろんなものを見ないとダメですからね。すぐ近くの人とかだけじゃなくて』

『ん？　まあそれはそうだな』

窓の外ではまだ雨が降り続く、この日の夜。

自分の教え方について思うところでもあったのか。あるいはサンタが順調に成長しているということの現れか。この週の頭から、スクイの方から短歌のお題が指定されるようになった。

お題の発表は、決まって前日の歌会の最後。

ただサンタの方としても、実はストックしてしまっている短歌は既にいくつもあって、やり方を変えること自体は悪くないと思っていた。だいたい毎日ひとつの歌を作ろうと言っても、その過程でしっくりこなかったり寝かせておいたりで、没にするものというのは必ず出てくる。だからもしお題という制限がなく、何も歌が思い浮かばなかった場合。サンタはそれを順番に出していくだけで結構な日数をサボれてしまう。

けれどもちろん、それは歌会の趣旨として相応《ふさわ》しくない。

そんなわけで近頃は目を皿のようにしてネタ探しをしているサンタではあるが、この日のスクイはそこから何かを過剰に読み取ったみたいだった。

『ちなみにスクイが先輩の短歌を手直しするとしたらこうです』


女子たちの悲鳴が響く帰り道　トリートメントはクリスタルヴィア

この日に限らず、消化不良のまま別れた先週の公園での出来事からずっと、スクイの様子はどこかおかしかった。具体的に言えば、短歌の方が絶不調。手直しにキレがないどころではなく、ここまでくるともはやテレビCMのキャッチコピーのようですらある。

『つーかクリスタルヴィアってなんだよ』

『スクイが使ってるトリートメントです』

『知らねーし。つかなんで急に商品名？』

『要するにうちの学校でも、今日似たような光景があったのです。そこでスクイは大伴《おおとも》さんに聞かれました……！　涼風《すずかぜ》ちゃんて髪のお手入れどうやってるの？って』

『で？』

『なんでわからないのですか。つまりですね、スクイはボンバーしてないということです』

『なるほど。それは良かったな』

『それだけですか？』

『うちのクラスに来て手入れの方法を教えてやったら一発で人気者になれるぞ。知らんけど』

『……それだけですか？』

何か言いたいことでもあるのか、スクイは妙に食い下がってきていた。そのしつこさからすると、もしかしたら試されているのかもしれなかった。たとえば漫画などでよくある、師匠が急にレベルアップした課題を出してくるみたいなあれだ。

だがいくらサンタが頭をひねってみても、昇段試験のような前向きな要素は見つけられなかった。強いて言えば、スクイが心配だということくらいだろうか。

『違ったら悪いんだけど、お前熱でもあるんじゃないか。手直ししてくれたのも、なんか俺《おれ》の短歌みたいになってるし』

これではまるで、ただ自分のトリートメントを自慢したかっただけみたいに聞こえてしまう。

『い、今のは元々がコミカルな感じだから、それをそのまま受け継がせてもらっただけですし。

本気出したらもっとあれです。芸術的すぎて先輩もびっくりしちゃいます』

『そりゃまあそうだろうけど』

それならそれで普通に感動させてもらって構わないのだが。

サンタは文字からでも伝わるスクイのしどろもどろさに、本気で意図を測りかねて困惑していた。らしくないと言えばまだ聞こえはいい方で、悪く言えば素人同然のサンタのセンスに媚びているようですらあった。しかもそれが今日だけではなくて、ここ数日ずっとこうなのだ。

「違うだろ。スクイが俺に寄せてどうすんだよ」

今までのように、ちょっと上から目線であれこれ言われる方がサンタは好きだった。もっと自然体で、気軽に貶《けな》してくれる方がずっと楽しかった。スクイが妙に気を使ってくれているのはなんとなくわかったが、かえってそこに距離を感じてしまって居た堪れなくなる。

『まあいいや。とりあえず今日のアドバイスは視野を広げろ、だったっけか。いろんなものを見ろとか言ってたよな』

『あ、はい。そうですそうです。ぜひいろんなものを注意深く見てください。クラスの女の子ばかりではなく』

『でも急にそんなこと言われても困るよな。明日は月とか星の短歌でも作ればいいのか？』

『えっ？』

『あれ？　なんかまずかったか？』

『そういうわけじゃないですけど、できればそれは綺麗《きれい》な月夜の日にしてください』

『うん？　よくわからんがわかった』

『絶対ですよ。雨とか曇りの日はダメですからね』

『……あのさ。俺、最近わりと自信を無くしてきてるんだけど』

『どうしてですか？』

『たまにししょーが何言ってるか全然わからないときがあるから』

たとえばちょうど今のやり取りのように。

ところがスクイは師匠としての職務を放棄したのか、今までとはまったく違う意味合いのことを言い出しはじめた。

『その、えと、今はわからないことを無理にわかろうとしなくていいですから』

『いや、でもわかるようになりたいし……。今日の話とかも、ほんとは意味があるんだろ？』

『ありません。断じてありません。というかわからなくていいって言いましたよね？』

『でも』

『いいですから！　これ以上深掘りしたら破門ですからね！』

十月二日

おふくろの味を目指して澄まし汁　何か違って味噌をぶち込む

『……これは？』

『？つけられても困るんだが、そのまんまだよ。土曜日、母さんが出掛けてたから、自分で昼飯作った。けどどうしてもこれじゃない味にしかなんなくてさ。最終的にみそ汁にメニューが変わった』

『まあ、普通にとらえればそういうことですよね。でも、できればこれは先輩じゃない人が書いた体で読みたかったです』

『どういうことだ？』

『たとえば親元を出て一人暮らしをはじめた学生さんとか。そういう人が忙しい生活の中でふとお母さんの味を懐かしく思って、それでお吸い物を作ってみた。だけどきちんと教わってきた訳じゃないし、お料理の手伝いもあんまりしてこなかったから、記憶を頼りに味を真似てみても何かが違う。何が違うんだろうな。もっと近くでたくさん手伝いとかしておけばよかったな。ごめんな。でも俺はこっちで頑張るよ、母さん――みたいなシチュエーションだったら、もう胸にきて泣いてしまうところでした』
『いつも思うけど、妄想によるストーリーの補完がヤバすぎないか?』
『全然です。というか先輩もこれくらいの想《おも》いを三十一文字に落とし込んでください』
『いや無理だろ』
『それなら代わりに、そのお料理のレシピを短歌にして投稿してください』
『鍋にお湯　だしパック一　溶き卵　きぬさや　醤油　塩と白だし』
『スクショしました』
『どういうことだよ』

十月六日

1

大雨の夜のお供の借り物の詩集がよだれで湿気ってる

『え、待って』
『おっネットでよく見かける女子構文だな?　尊い?』

『違います、尊くないですし。というかまさかとは思いますが、この詩集ってスクイが貸したやつじゃありませんよね……？』

『よく気づいたな。そのまさかだ』

『むぅ〜〜〜!!』

『待て待て。話は最後まで聞いてくれ。よだれっていうのは嘘《うそ》だ。脚色だ。つか短歌を作る時に、ちょっと脚色したり膨らませたりするのはアリなんだろ？　その方が歌として収まりがいいときとかさ』

『それはアリだとスクイは思いますが、じゃあ今日の歌はどう膨らませてあるんですか？』

『これな、元々はこういう短歌だったんだよ。「大雨の夜のお供の借りものの詩集が窓辺で湿気ってる」』

『あら。あらあらあら』

『すまん、それはどういう反応？』

『いや、だって元のは切なくていいじゃないですか。ちょっときゅんってしました。だって何か理由があって誰《だれ》かから詩集を借りたのに、それは窓辺に置かれっぱなしで湿気っちゃってるんですよね？　訳ありです、思わせぶりです！　悲しい恋の匂《にお》いが漂ってくる気がします！』

『まあしょーの妄想力がすごいのはわかってるからいいんだけどさ。でもたしかに言われたとおりなんかちょっと恥ずかしくて、それで窓辺じゃなくてよだれに直したってわけ。その方がバカっぽくて能天気な感じになるかなって思って』

『ふうん……あれ？　いや待ってくださいよ。それじゃどのみちスクイの本が湿気ってるのは変わらないのではないですか？』

『そうだが？』

『そうだが、じゃないですよ。ちゃんと大事にしてください、大切な本なんですから……！』

ペットのウサギを片手でマッサージしながら、サンタはスクイとのチャットを切り上げた。

外はまだ雨が降っているが、月曜日にはやむだろうとさっき天気予報でやっていた。だが短歌を作るようになって思うのは、案外雨というのは歌と合わせやすいということ。野球をやっていた頃は、雨は練習の邪魔をするものという認識でしかなかったが、今はだいぶ天気や時節というものに目を向けるようになった気がする。

そういった自分の周りのことに、以前よりは気がつくようになったこと。

それからこうして、ゆっくりとペットを構ってやれる時間ができたこと。

今のところそのふたつが、サンタが野球を辞めて得た変化かもしれない。

「でもな……これ、ってのが欲しいよな」

もちろん花鳥風月もペットとの時間も大切なものではあるが。

「成果っていうか、自信作っていうか……」

しかしせっかく時間をかけて別のことを始めたのだから、それなりの手ごたえや自信のようなものが欲しいとサンタは思っていた。もちろん、本当に始めたての頃よりはいくらかマシにはなっていると思ってはいても。

借り物の詩集を供に雨の夜　本が湿気てる翌日の朝

そういえば今日はスクイに添削してもらえなかったことを思い出し、サンタはさらに三十分ほどをかけて自分で手直しをした。納得しきっているわけではないが、触ったせいで悪くなったような気もしなかった。かといって良くなったとも言い切れなくて、結局は採点の基準と呼べるほどのものが自分の中に無いのがいけないのかもしれない。だがどうすればそれが持てるのかと言われたら、そもそもそれがわからない。

「今度スクイに教えてもらうか」

独り言を呟いてみるが、なんとなく言われることは想像がついていた。そんなにすぐに結果は出ないとか、短歌の道は一日にしてならずとか、そういう類のものだ。となると、サンタにはもう助けになりそうな人は一人しか思い浮かばない。

「手毬《てまり》さんか」

明日学校で聞いてみよう。元々校内でのエンカウント率は高いせいもあって、サンタは手毬に会えることをまったく信じて疑わなかった。それに今ではサンタは手毬の教室も知っているし、教室のどこの席に座っているかも知っているし、月曜日の六限が体育であることさえも知っている。すれ違うことはたぶんない。

「って、その前に今日配信ある日じゃねーの」

事前の予告が正しければ、あと数分でマリアの配信がはじまる時間。

サンタはスマホの時計を見て慌ててアプリを起ち上げると、登録リストの一番上にあるマリアのチャンネルを開いた。急に自分を撫でる手が止まったことに、うさぎが不服そうにサンタを見上げていた。

2

どうして雨の夜なんだろう。

どうして湿気っているんだろう。

「考えすぎなのはわかってるんですけど……」

サンタとのチャットが一区切りした後、スクイはベッドに寝転がってずっと考えていた。

ここ最近のスクイは、この時間が楽しみで仕方がなかった。というのも、サンタは比較的規則正しい生活を送っているのか、短歌を投稿してくる時間がほぼ二十二時で一定になっていたからだ。だから夕食を取って早めに風呂《ふろ》に入ると、それからはもうスマホは手放さない。事実昨日のこの時間、スクイはうつ伏せに寝転がり、膝《ひざ》から下をぱたぱたさせながら何回もチャットの履歴を見返していた程だった。別に長々と話し込んでいなくもいい。他愛もない感想を少し言いあうだけの日でもいい。ただ事実として、サンタが毎晩自分に話しかけに来てくれる。なかなか直接顔を合わせられない間柄だからこそ、ずっと続いてきたこの習慣がかけがえのないものになっていることにスクイは気づいていた。

だからこそ、今日の短歌が胸につかえて仕方がない。

「湿気ってるなんて、言わないで欲しいのに」

自分の好きな詩集を、異性に紹介することの意味。それを貸して、読んでもらっていることの意味。きっとあの鈍いサンタには、どれだけスクイが勇気を出したかなんて伝わっていないだろう。けれどだからこそサンタはスクイに対して無防備で、まったく深く考えずに自分の気持ちを歌にしているに違いない。雨の夜。あるいは湿気ってしまった、想いを込めて渡した詩集。全体に漂う物寂《さび》しげな空気感も含めて、そうじゃなければありえない言葉のチョイスだ。

「ほんと変なとこだけ鋭い人……」

やはりあの日の公園で、事情を打ち明けられなかったことが影を落としているのだろうか。秘密を抱えたまま、見てもらいたい部分だけ見てもらおうとしているのが見透かされているのだろうか。

けれどその選択をしたのはあくまで自分だし、今さら取り返しがつくとも思っていない。やれるのは、あの日のことを一刻も早く忘れて、元の自分に戻ることだけだ。

「やだな……嫌われちゃう」

向こうはいい意味でバカな体育会系というか、裏表のない性格をしているのはわかっている。逆に自分は純然たる文化系で、特にサンタに対しては引くくらいウェットに考えてしまっているのもわかっている。だが言葉ひとつでここまでネガティブになるのは自分でも予想外で、スクイは立ち上がるだけでも気合いを入れなければならなかった。

キッチンに行って、詩織《しおり》にホットミルクでも作ってもらおう。

それと一緒に暗い気持ちも飲み下して、また前みたいな関係の二人に戻るのだ。

そう気を取り直して、部屋を出る。この時間なら詩織は、別邸のリビングでお菓子でもつまみながらくつろいでいるに違いない。だが別邸までの地味に長い道のりを前にして、スクイは早くもうんざりしていた。

昨夜は羽がついているかのように軽かったスクイの足取りは、今日は地の底まで続く沼に絡《から》め取られたかのように重苦しかった。

十月七日

1

二年を受け持つ体育教師は時間にルーズな方で、六限だからといって早めに終わらせるなんて気の利《き》いたことはしない。

したがって今日もしっかりとチャイムが鳴るまで走らされていた上級生を、サンタは二階の教室からちらちらちらと眺めていた。本当に、どうして知っている人というのはこんなにも目に留まるのだろうか。授業の合間に軽く目を向けるだけでも、手毬のことはすぐに見つかる。遠目には顔も判別できないくらいだというのに、それでもシルエットや仕草でしっかりとその人を認識できていることが不思議だった。

ホームルームが終わって、二年の教室の前で手毬に会ったとき、サンタは真っ先にその話題を出してしまったほどだ。

「……ずっと見てたの？」

「え、いや、まあたまにっすけど」

「……ふぅん」

もっとも当の手毬の反応は、手で隠すようにしながら身体をよじって、意味深に黙り込むというはっきりしないものだったけれど。

「ああ、そうだ。ところで今日は聞きたいことがあって来たんですよね」

「短歌の話？　ならその方がありがたいわ」

「いや、別にありがたいお話とかじゃないですけどね。その、手毬さんには、会心の一作ってあるのかなって思って」

「それを気にするってことは、キミにも会心の作品が出来たってことかしら。それとも――」

「残念ながらそれとものの方ですね。自分にはそういうのがないから、他の人たちはどうなのかなって気になったって話です」

「そうね……。自分なりにそれに近いものがないこともないけど」

「けど？」

「会心の一作って、キミみたいにはじめて一か月でできるものじゃないと思うわよ。キミの二十倍近く続けてるあたしだって、胸を張って自信作だって言えるものなんてないもの」

「まあそういうもんですよね」

とはいえ手毬の言っていることが圧倒的に正しいのは、サンタだってわかってはいるのだ。だが彼女の言い分は、サンタが聞かせてもらいたい話からは少しずれていた。

「その、変なこと言ってるのはわかってるんですけど、たぶんそれとはちょっと違うんですよね。さすがにすぐにプロみたいになれるなんて思ってないっていうか」

「……なるほどね。大丈夫、たぶんだけどあたしもキミの気持ち、わかるわ。だってあたしたちって、長い目で見たらほぼ同じ時期から短歌をはじめた同期みたいなものだもの。短歌に対して思うことだってまだ近いに決まってる」

「同期っすか……」

それはなかなか甘美な響きだ。

しかしそれはそれとして、このままだと帰路がわかれるまでに話が終わらなさそうで、サンタは自販機の前のベンチでパックのジュースを二個買った。ひとつはもちろん、この面倒見のいい先輩への賄賂、もとい授業料だ。

「思うに自信作が欲しいっていうのは、進んでる道が間違いじゃないって信じたい。だからたしかに自分が成長してるっていう実感が欲しい。そういうことじゃないかしら」

「それ！　それかもしれないです！」

「だとしたら、そうね……。ほぼ同期だけど、少しだけ先輩のあたしから、まだ本当に始めたばっかりのキミにアドバイス。会心の一作よりも、お気に入りの一作を目指しなさい」

「それは……自己満足ってことっすか？」

「そうかもしれない。でもきっと大切なことだと思うの。はじめのうちは、自分で作った、自分のお気に入りの歌を目指していく。きっとそういうのの積み重ねの中から、他人に認めてもらえたり、褒めてもらえたりもする一作が生まれてくる。そしてそれをもっともっと積み重ねていったら、あるときふと気づくんじゃないかしら。本当の意味での会心の一作っていうのが、手元に少しだけ残ってるって」

「……先輩」

「なに？」

「今の台詞《せりふ》、もう一回言ってもらっていいですか」

「嫌よ。なんでスマホ構えてるのよ」

「ボイレコいけます。準備完了っす」

「……からかうならもう話さないわよ？」

さすがに少し調子に乗りすぎただろうか。サンタの隣で手毬が、怒り顔を作ってすごんでいて、びびってスマホを引っ込める。

だが少々悪乗りしたとはいえ、手毬の話に納得したのも本当だった。スクイの指導とあわせると、つまりこういうことだ。

まずは歌集を読み、先人の作り上げてきた型を学ぶ。

その上で毎日短歌を作り、毎日考えて、毎日お気に入りの一作を目指していく。

このルーティンは、どことなくフォームを固めるための素振りやシャドーピッチと似ている気がした。どの世界でもやることは変わらないんだと、少しうれしいとすら思えた。

「それからあたしは、なるべく自分の心の動きに敏感になろうっていつも思ってるわ。うれしいとか悲しいとか、そういう自分の気持ちの変化を感じたら、その場で簡単にメモしたり」

「そんなことまでしてるんすか」

「気を抜いてると、起きて学校行って配信の準備して寝るだけになっちゃうしね。それに、自分が何に心を動かしたかを後から見返すのって、案外楽しいわよ――あっ！」

そこまで話したところで手毬は急に小走りに移動して、それから生垣の裏にしゃがみ込んだ。一体何事かとサンタが覗《のぞ》き込むと、手毬の小さな頭の向こうで、さらに小さな生き物が緊張してこちらを睨《にら》んでいた。

「猫だ」

「そうね。ああ～、可愛《かわい》いなあ～……」

「野良猫ですかね。迷子になっちゃったとか」

「かもしれないわね。にしても、ほんとかわ……」

「いやでも野良にしては毛並み綺麗だし、実は飼い猫だったりして……？」

「ずるいわ。こんな美人さんならあたしが飼いたい。持って帰りたい……にゃぁ……」

「そっすね」

たぶん手毬本人は、いつもの落ち着いた雰囲気がすっかりどこかへいってしまっているのも気づいていないのだろう。普段なら口が裂けても言わないであろう語尾までつけて、一生懸命に猫の方へと歩み寄ろうとしている。

だがサンタの視点からは、小さくて愛らしい黒い子猫と、大きくて気品のある黒猫が戯れているようにしか見えなかった。子猫のことを美人さんだと手毬は言ったが、美人なのは断じてそっちだけではない。

「心が動いた瞬間、か……」

手毬式のやり方に則ると、サンタの場合は今日、二匹の猫が戯れる可愛すぎる楽園を目の当《ま》たり《あ》にして心がときめきました、とでも書いておけばいいのだろうか。スマホのメモに残すにはあまりにも問題のある文言に苦悩しながら、サンタはひとまず自分の心の中にその光景をしまい込んだ。猫耳のアタッチメントを付けた手毬を想像すると、少し頭がどうにかなりそうなくらいに破壊力があった。

「ん?」

ふとそこで手毬が振り返って、上目遣《うわめづか》いにサンタを見る。その姿に、以前配信でやっていた猫耳を付けたバージョンのマリアが重なって見えて、サンタは慌てて別の方を向いた。何もかも威力が高すぎて、まともに直視していたらおかしくなりそうだ。

「いや、大したことじゃないっていうか、さっき話してもらったことがわかった気がして」

「そう? ならよかったけど……」

「そっ、そろそろ行きましょうか」

半分誤魔化《ごまか》すために早口で言って、サンタは二匹の猫に背を向けた。だがすぐに後を追いかけてきてくれると思っていた手毬が一向にやってくる気配がなく、不思議に思って振り返る。

するとまだしゃがんだままの手毬が、気まずそうに苦笑いを浮かべていた。

「ちょ、ちょっと先輩、その手――！」

「しーっ。大丈夫、平気。あたしがちょっと驚かせちゃっただけだから」

「でも血が――っ」

サンタの剣幕に驚いたのか、子猫がそこで一目散に茂みの向こうに駆けていく。そしてサンタもまた、それと同じくらいのスピードで手毬の傍に駆け寄った。猫に引っかかれていない方の腕を取り、急いで立ち上がらせようとする。

「もう、大げさなんだから。こんなの水で洗ってハンカチで抑えておけばすぐ止まるわ」

「だからそれを早くやりましょうって言ってるんですよ！」

サンタが強めの口調で手毬を急かしてみても、当の本人にはまったく慌てる様子がない。じれったくて、サンタは次の瞬間には両腕で手毬を持ち上げていた。いわゆるお姫様だっこというやつだ。

「きゃっ、なっ、何？　ていうかこれ、さすがに恥ずかしいんだけど……？」

「すんません、このまま保健室まで運ぶんで我慢してください」

「ま、待って。それはダメ！」

手毬の返事を無視して走り出し、サンタは校舎の中に入った。保健室までは距離があったが、ハンカチの赤い染みが広がり続けているのを見ると、そんなことを気にしている場合ではなかった。優先すべきは手毬の手当て。疲れるとか恥ずかしいとかは後から考えればいい。

しかし腕の中にいる手毬の方は、まったく別のことを考えているようだった。

「お願い大谷君《おおたに》。保健室には連れていかないで」

「ダメです。ていうかなんでそんなこと言うんですか。血、止まってないじゃないですか」

「だって先生に猫に引っかかれたって知られたら、あの猫ちゃん追い出されちゃうわ」

「は……？」

「ううん。それとも追い出されるくらいならまだマシな方で、もっと酷いことになってなるかもしれない。……保健所とか」

その言葉にたしかに思うところがあって、サンタの走るスピードが如実に落ちる。

「ね？　だからあたしは大丈夫。お願い、どこか水道のあるところに行くだけで十分だから」

「……先輩が、そういうなら」

手毬の台詞に絆《ほだ》されて、サンタはとうとう足を止めた。すぐ傍にあった水飲み場に手毬を下ろすと、彼女は傷口を流水に晒しながら安心したような笑みを浮かべていた。

そんな手毬の様子がかえって居た堪れなくて、思わずまた走り出してしまう。

グラウンド脇の通路を久しぶりに全力疾走して、サンタは十分後に戻ってきた。

「おかえりなさい。どうしたの、急に行っちゃったって思ったらまた戻ってきて。ああもう、息すっごい切れてるじゃない」

「手……手を、出してください」

「待って。その応急処置セットみたいなのはどこから持ってきたの？」

「野球部の、マネージャーにもらってきました。友達が怪我《けが》したから分けてくれって。だから、先生にはバレてないです」

「……そうなんだ。野球部に、キミが……？」

「そんなのいいですから、とりあえず手出してください。消毒と包帯くらい俺でもできます」

「う、うん……」

有無を言わせない口調のサンタに折れてくれたのか、手毬がおずおずとその白い手をサンタの方に差し出す。

指輪をはめるかのように恭《うやうや》しくその手を取って、サンタがさっそく手当てをはじめる。

一度も開いているのを見たことがない何かの資料室の前の廊下に、いつの間にかオレンジ色の夕日が差し込んでいた。

会話はない。まだ息が戻りきってないサンタと、かすかな手毬の息遣いだけが、静まり返った校舎に響いていた。サンタが不器用に包帯を回すたびに、すべすべだった手毬の肌が白い布の向こうに隠れていく。

「よし」

消毒と、女の子の華奢《きゃしゃ》な腕に巻くにはあまりにも雑な包帯。そんな応急処置を兎にも角にも終えたところで、サンタはようやく手毬の手から視線を切った。

それを合図に、伏し目がちに俯《うつむ》いていた手毬が目線だけこちらに向けてサンタを見つめてくる。きつくないですかと今更《さら》ながらに問いかけようとしたところで、先に手毬が口を開いた。

「あっ……ありがと……」

「軽い怪我の手当てとかよくやってたんで」

「うん。手慣れてた。それと……力が強かった」

「すっ、すんません。痛かったっすか⁉」

「ううん、大丈夫。ただキミって運動部だったんだなあって、久しぶりに思い出しちゃった。……気まずくなかった？」

「ああ、部室にいくことがですか？　そりゃまあ今思うとちょっと図々しかったかなって思いますけど、この時間はマネージャーくらいしかいないんで」

「そう。……それにしても、だいぶ涼しくなったわね」

「え？　ああ、そっすね……初めて会ったときはまだ死ぬほど暑かったのに」

「たった一月でがらっと変わるものよね。天気も、人も」

「先輩？」

急に声のトーンが変わったような気がして、サンタはあらためて手毬の顔を見た。包帯をさするようにしながら立ち上がった手毬は、さっきまで目を細めて俯いていたとは思えないくらい真剣な顔をしていた。

その顔に思わず見惚《みと》れて、立ち上がるのが遅れる。

手毬がサンタの前に手を差し出す。

「キミは？」

手を引かれるままに立ち上がると、手毬はサンタの前にまっすぐ立ってそんなことを言った。

「あたしね。いつだって良い方に変わりたいって、変化を怖がっちゃダメなんだって、高校に入ってからずっとそう思いながらやってきた」

「はい」

「だから今回もそうするつもり。自分に素直になるし、勇気を出して一歩踏み出したいと思う。……キミは変わらないの？」

「……どういう意味っすか」

「本当はわかってるんでしょ？　だって、キミに未練があるのは話をしてたらバレバレだもの。……野球部に戻らないの？」

「それは……誤解ですよ。野球のことを考える時間も減ったし、元々戻るつもりもないし。てか俺が聞きたいのはそっちじゃなくて、〝先輩が〟変わろうと思うって話なんですけど」

「あら、あたしの方を気にしてくれるんだ？　それじゃキミにひとつ提案なんだけど――今度一緒にどこかに出掛けない？　もちろん、二人きりで」

「え？」

「行く場所を相談して、二人で待ち合わせして、たっぷり時間を使って。そうしたら短歌のモチーフ探しとか、普段どういうことを考えているのかとか。それ以外にもキミが知りたがっていること全部、もっとちゃんと伝えられると思うわ」

変わる。

変わろうと思っている。

手毬は先ほど言った言葉のとおり一歩だけ前に歩み出ると、サンタを見上げながらにっこりと笑って言った。たった十数センチ分だけ、今までより近い距離。けれどその決定的な距離感の違いが、手毬の行動理念が口だけじゃないことの証明のように思えた。

「さ、それじゃ帰りましょうか。のんびりしてたらバスが行っちゃうわ」

すっかり相手のペースに呑《の》まれたサンタは、その軽めの台詞でようやく頷《うなず》くことができた。

自転車通学のサンタには、バスの時間のことはわからない。手毬はさっきからずっと先を急いでいるようで、声をかけても決して振り向こうとしなかった。

「秋は日が落ちるのが早くて眩しいわね。……助かる」

校門を出てバス停が見えてきた頃に、手毬はそんな台詞を付け加えた。

空を見上げて考える。

手毬とどこに出かけようか。渡り廊下からずっと緊張しっぱなしだったサンタだったが、それを思うと段々と心が躍ってくる自分にも気づいていた。

手毬は相変わらず前を歩いていて、正面から真っ赤《まか》な夕日が顔を照らしていた。

2

食べきれよ　痩せた背を撫で言い聞かせ　また大容量のペットフード開ける

この日の夜はなかなか短歌が送られてこなくて、スマホに通知が届いたのは日を跨いだあと。スクイがほぼ寝落ちしかけていた頃だった。

『遅いです。……眠いです』

『起きてたのか。明日でいいぞ』

『ハル君でしたよね、先輩の家のうさぎさん。今何歳なんですか？』

本当はついさっきまで、二人の歌会の連続記録が途切れそうなことに落ち込んでいたのだ。だから、今がいいですという答えの代わりに、スクイはサンタの言葉をスルーして話題を振った。それにこんな中途半端《ちゅうとはんぱ》なところで話を中断したら、そわそわしてとても眠れない。

『八歳』

『うさぎさんの平均寿命ってどれくらいなんでしょう』

「だいたい今のハルくらいらしい」

『そうなんですね』

特に顔を合わせているわけでも、文字から伝わってくるわけでもないのに、今日のサンタは少し歌に自信を持っているような気がした。あるいはスクイ自身がこのペットの歌に好意を抱いたから、そう感じるのかもしれなかった。

伝わってくるのは、老いたペットに向けるサンタの眼差《まなざ》しの温かさと、迫りくる別れに対する恐れのようなもの。大容量のペットフードを買うのは金銭的な理由かもしれない。だがその封を開けるたびに、今回もまたこのペットフードを全部食べきるまで元気でいてくれるはずとゲンを担《かつ》がずにはいられない様子は、詠み手の人間臭さや人となりの描写に他ならなかった。

若い頃に比べるとすっかり骨ばってしまった背中を撫で、迫りくる死の影を肌で感じるからこそ、いつもどおりの日常にすがりたくなるという弱い人間の歌だ。けれど弱いからこそ、スクイは今までのサンタの作品の中でこの短歌が一番好きだった。

『先輩のことなので、ウサギさんのとこまで目線を下げて話しかけてそうです』

『悪いかよ』

『全然悪くないです。可愛いですし』

茶化すように言いながら、思わずスマホを抱きしめる。胸のあいだに沈め、歌や相手の存在、それからこの時間の全部を自分に取り込んでしまいたい欲求に、身体を丸めながら包み込む。顎《あご》の下でまた通知音が鳴って、窮屈《きゅうくつ》な態勢で画面を見ると、サンタが怒りのスタンプを送ってきていた。

『でも先輩はガサツですから、少し心配してしまいます。加減を間違えてハル君が潰《つぶ》れてしまわないかどうか』

『アホか。俺はソフトタッチの天才だぞ。軽くひと撫でするだけで、ウサギさんも完全リラックス状態のめろめろだっつーの』

『めろめろって、意外と古い言葉使うんですね』

『うるせえな。とにかく、手のでかさとペットの撫で方の上手《うま》さは全然関係ないからな。むしろなんていうの？　何万回と繰り返してきた信頼関係がものをいうみたいな？』

『言いたいことはわかりますよ。それにここだけの話、今日の先輩はとっても素敵な飼い主さんだなって思いました。ちょっと見直したのです』

『なんか最近のししょーは、たまにだけど俺に甘いな』

『そ、それはあれです。ペットのお世話をするだけで爆上げするくらい、元の評価がいまいちということです。甘い顔ばかりしていられないので、明日の講評はもっと厳しくいきます』

『そうそう。その方がスクイっぽい』

『そういう言い方をされるのもスクイとしては不本意です……。先輩のおっきい手で撫でられたら気持ちよさそうって思ったのはほんとなのに』

『え?』

これが深夜のテンションというものなのだろうか。送信ボタンを押してしまってからとんでもない失言だったと気づいたが、すべては後の祭り。際《きわ》どすぎる物言いは明らかにラインを踏み越えていて、ここにきてスクイの眠気は完全に吹き飛んでいた。

『あくまで一般論ですございます』

『というかウサギさんになりきって気持ちを代弁して(ただけでふし』

『打ち間違えです。ねっ眠くて頭が回らなくなってきました』

『うわあもう十二時半じゃないですか。寝坊してしまいそうなのでスクイはもう寝ますね』

リアルタイムで既読が付いた以上、消したところでむしろ意味深さの度合いが増すだけだ。仕方なくスクイは怒濤《どとう》の連投で自分の失言をログに流し、一方的に『バイバイ。おやすみなさい』と宣言した。

『俺《おれ》も寝るわ。またな』

サンタからの返事を見届けてからスマホを充電ケーブルに挿して、ベッドに倒れこむ。はじめは起きていられるかを心配していたのに、今となっては眠れるかどうかの方があやしかった。

「こんなのじゃ……本当に寝坊してしまいます」

一向に収まる気配のない心音と、異常なまでのハイテンションで頭がくらくらする。布団《ふとん》にくるまってもぞもぞと身体を動かしながら、スクイは誰《だれ》かと歌を交換するのがこんなにも素敵なことなのだと思い知っていた。もっとも厳密には、スクイは歌会のグループに過去作以外を送ったことはない。

「でも……」

だからこそ自分も歌を作りたいし、届けたいと思う。自分の気持ちを言葉にしてみたいと、本当に強く思う。

こんなにも短歌が楽しいと感じるのは、いつ以来だろう。一年以上続く停滞に、変化の兆しがあることをスクイは感じ取っていた。頭の中では、言葉にできない巨大な感情がぐるぐると出口を探して渦巻いていた。

七句

十月十日

この日、サンタが風呂《ふろ》からあがってネットを見ると、台風の卵が南の海で発生したというニュースが目に入った。日本に大きな影響はないものの天気は下り坂だとも言っていて、行楽シーズンだけによく天気予報を確認しておいてくださいとも。

「しばらく天気悪そうだな」

サンタが天気を気にしがちというのは、野球をやっていた頃からの習慣だ。だが今は手毬《てまり》と遊びに行くという約束が控えていることもあって、昔以上に空模様が気になる。ただでさえ行き先が決まらず、こちらからの提案を待たれているような状況なのに、このうえ天気まで不安定というのは勘弁してほしい。

未練でしょ短いまんまの髪型は　会って間もない君にバレてる

そんなことを思いながら今日の短歌を作り、いつもの歌会のグループに投げると、スクイからの返事は、当たり前のようにすぐに返ってきた。

『これは……？』

『最近知り合った人に言われたことを短歌にしてみた』

『ふぅん、そうなんですか。……よく見てますね、その人』

『まあ野球部の練習見てて知り合ったからな。元部員だってこともそのとき話したし』

『なるほど、そういう流れですか。よかったぎりぎり許せそうです』

『なに目線だよそれ』

スクイにそう返してスマホを置いて、天井《てんじょう》を見上げながら考える。

手毬と二人で出かけるのに、一番相応《ふさわ》しい場所はどこだろう。

そもそも手毬は、こういうときどんな場所に行きたいのだろう。

彼女に関してはまだまだ知らないことだらけであるのを思い知らされながら、サンタは今日も候補地を頭の中で探していた。

十月十三日

手毬の日曜日の午後は、ほとんど配信の準備で消化される。

当日までに募集しておいた短歌をひとつずつ読んで、その日の配信で紹介するものを選んでいく。素材を作り、配信設定と機材の確認をし、それから大まかな進行の台本を作る。もちろんコメントや反応を拾うことで進行は都度移り変わるが、ぐだったとき適切に元のルートに戻れる準備があると慌てることがない。

初配信から一か月以上が経《た》って、手毬はだいぶこのルーティンに慣れてきていた。その分だけ、リスナーからの投稿に時間を割《さ》く余裕も生まれはじめている。

「あ、これいいかも」

ウケ狙《ねら》いのもの。一生懸命時間をかけて考えてくれたであろう力作。経験者っぽいこなれた歌。投稿作品にも様々なものがあって、幸いなことにその数は今のところわずかながら増え続けている。たぶんリアルタイムではなく、じっくり考えてもらう時間があるのがいいのだろう。その場でコメントに書く形式だと、とにかく思考の瞬発力が求められる。さらに出来の良し悪しに関《かか》わらず、すべての投稿が名前と一緒にアーカイブに残ってしまうのだから、それを避けたのは良い判断だった気がした。

しかし公募して後から自分が選ぶという方式は、選考という重みを自らが引き受けるということでもある。

自作が選ばれたという喜びを提供する責任。

選ばれなかったということを納得させる責任。

マリアがどんなものを選び、どんなところが素敵だと思ったのか。その語りの部分で説得力を持たせられなければ、多くの人を失望させてしまう。一方で自分の配信の楽しさの大部分がそこにあるのもたしかで、手毬の毎日は今までで一番と言っていいくらいに充実していた。

それに最近は、常連の投稿者たちにも変化が見られる。

「あ……これ」

白と黒　都会のビルの雑踏の　隙間《すきま》を抜けて赤とんぼゆく

投稿者の名前を見ると、あの初めて短歌をくれた人。

マリアの配信スタイルが確立する一番初めのきっかけのリスナーであり、恩人にも近い存在。

だがその人が本当は同じ学校で、まだ短歌をはじめて間もないということを手毬は知っている。

だからといって、依怙贔屓《えこひいき》で彼の作品を採用するというようなことは絶対にしないつもりでここまでやってきたが、素直に今日の作品は紹介したいなと感じた。

「ちゃんと続けるってすごいことなのね……」

もちろんまだまだ素人の域なのは確かなのだが、期間を考えるとその成長具合には目を見張るものがある気がした。

この歌もありがちな光景とモチーフながら、色の対比と秋の風が吹き抜けていく爽《さわ》やかな感覚が気持ちいい。イワシ雲が連なる今の季節にぴったりで、感想をメモする手も軽《かろ》やかだった。

「ふふっ。ま、すっごくベタベタだけどね」

それでもありがちな歌を成立させるのにも、それなりに慣れというものが要るのだ。

無意識に心の声が漏《も》れてしまうほど、手毬は幸せを感じていた。考えれば考えるほど、自分の毎日は充実しているという結論にしかならなかった。

十月十四日

向かい風だらだら長い登り坂　止まりたくないチャリ通の意地

『学生さんの短歌という感じですね』

昨日よりぐっと冷え込みが増したいつもの時間。

この日届いていた短歌に対する感想はまずその一言で、スクイは送信ボタンを押してから、言葉がやや冷たかったかもしれないと怖くなった。

『その、変な意味じゃないです。こなれてきてるし、スクイは好きな方です』

慌ててフォローして返事を待つが、サンタは今スマホの近くにいないのだろう。既読がつく様子はまだなくて、今のうちにもっと言い訳しておくべきかを考える。

『すまん、ゲームしてた』

だがそれを実行に移すよりも先にサンタが帰ってきて、結局そのまま話を続けるしかなくなってしまった。

『……もういいんですか』

『いいよ、負けたし。ランク落ちたし。今日はやめですし』

『スクイの真似しないでほしいのですが』

『真似っていうか感染ったっていうか』

『そういうとこです。嫌な漢字使わないでください』

画面を連続タップして、スタンプで抗議する。別に本当に怒っているわけではないが、やっておかないといけない流れのような気がした。サンタもそれはわかっているのか、変なわだかまりもなく話題を変えてくる。

『で、なんかある？』

『短歌の話ですか？　さっきも言ったとおり、いいと思います』

『どの辺が？』

『切り取った場面の普遍性というか、高校生の日常あるあるというか。それとなにより、先輩の子供っぽい部分とかムキになる性格がよく表現できてて素晴らしいです』

『それ褒めてなくないか？』

『褒めてますよ。すっごく必死に立ち漕ぎしてそうでほっこりします』

『そんなとこにほっこりされても困るんだけどな。それに男子高校生なんてみんなこんなもんだぞ。まして誰かに見られてると思ったら、上り坂なんかに絶対負けたくないし』

『そんなの自意識過剰です』

スクイの知っている限り、自転車を漕いでいる男子を見て楽しむなんていうのは世の中でも相当な特殊性癖だった。もちろん世界は広いから、中にはそういう奇特な人もいるにはいるのだろう。だが幸いなことに、スクイは今までそんな人には会ったことがない。

『でもやっぱりほっこりします。先輩が一生懸命坂道を登ってるところなら見てみたいです』

『変わってんなお前』

『ええっ、スクイがですか?』

まさか自分がその奇特な人間に分類されるとは。だがもう一度抗議しようと思ったところで、別の人物からのメッセージがスマホに届いた。新しい料理を作ってみたから、キッチンまで来て試食してくれないかという詩織《しおり》からのものだった。

「あー……っと」

歌会というグループは元々短歌の投稿用であり、本題が終われば続けるのも切るのも自由というのが暗黙の了解だった。スクイは一瞬考えたあとですぐ行くと詩織に返事を送り、立ち上がってカーディガンを羽織った。サンタとはこのグループでいつでも会えるし、最近はまた以前のように話せるようにもなってきたが、詩織の新作料理は今だけのものだった。しかもこんな夜更けに試食を持ちかけてくるということは、軽めのデザート系である可能性が非常に高い。

部屋を出ると、思ったどおりどこからか甘い匂《にお》いが漂っているような気がした。ただでさえ冷える夜だというのに、廊下の温度は室内よりずっと低い。温かいスイーツなら良いなと思いながら、スクイは軽やかに廊下を歩きはじめた。

十月十九日

1

北海道の牛が夏バテ。

手毬の頭のすぐ上に、そんなおかしなヘッドラインが表示されていた。おしゃべりの途中で気恥ずかしくなって目を背《そむ》けた先に、たまたま電車のデジタルサイネージが目に入ったのだ。

そこに流れるニュースによると、先の夏の酷暑のせいで乳牛の体調不良が続出してしまっているらしい。つまりはギラついた太陽の影響をもろに受けてしまったという話で、この時季になってもまだ台風の影響を喰《く》らっているサンタたちとは対照的でもあった。

列車の外は雨。

この日は土曜日で、サンタにとっては手毬と出掛ける約束をした大切な日。けれど本来頭上に広がっているはずの青空は、台風から変化した熱帯低気圧の分厚い雲で覆《おお》われている。

「着きましたね。てか晴れてたらよかったんですけど」

「大丈夫よ。雨の日の草花だってきっといいものだわ」

変わろうと思う。そう言って、手毬がサンタとの距離を文字どおり一歩詰めてきたあの日から、ほぼ一か月がすぎた。その間悩み抜いた末にサンタが選んだ外出先は、近くの植物園。もっとも近場とはいえ、隣接する大学や院と共同研究などもしている、バックボーンのしっかりした大きめの植物園だ。

とはいえそれはサンタにはあまり関係のないことで、ここを選んだのはひとえに年中花が咲いているからだった。サンタとしてはこの外出をいろいろな意味のあるものだと捉《とら》えてはいるものの、一番はあくまで短歌のお勉強会。であれば、歌を詠むのに都合のいい場所を選ぶというのは絶対条件となる。

「ね、面白《おもしろ》いわこの花。なんだか釣《つ》り鐘《がね》みたい」

「俺にはドレスに見えます。ドレスを着た花の妖精《ようせい》」

「わーお。さすがロマンチスト」

「や、やめてくださいよ」

「ふふふっ。まあそれはさておき、大切なのは言葉にしたい対象をよく見ることよね」

「はい」

「こーら。凝視しろって意味じゃないわよ」

「っす」

おしゃべりしながら花を見て回る園内に、サンタたち以外の人影はまばらだった。どう考えても朝からの雨が嫌気されたのは明らかだったが、人目を気にせず好きに振舞えるという点ではそれも都合がよかった。

それに植物園には温室などで育てられている草花も多いから、雨に降られている時間は思ったよりも少ない。サンタは手毬からレクチャーを受けながら、意外な穴場だった植物園での散策を最大限満喫していた。

「よく見るっていうのは、花の歌ならその花を。詠嘆の歌ならその詠嘆している自分の心の動きを。しっかりと観察して、分析して、理解してほしいってこと。何がいいのか。どうしてそう思うのか。全部しっかり考えて」

「……難しすぎません？」

困ったことがあるとすれば、手毬の教えはやはりサンタにはまだレベルが高すぎたということだろうか。

だがそれでも、実際に手毬と肩を並べて世界を眺めるのは勉強になった。

たとえば釣り鐘のようなかたちの花から手毬が思い浮かべたもの。考えたこと。どうやってそれを三十一文字に落とし込んでいくか。そういった過程をおしゃべりしながら一緒に体験させてもらえたからだ。

メジャーリーグのトップ野手のバッティングがすごすぎて真似できないように、才能の違いにしか思えない発想力や語彙力の差はあったが、それも単なる慣れの差でしかないと言ってもらえた。というより手毬は配信のときと同じようにサンタに甘く、きっとすぐに出来るようになるわとたくさん励ましてくれた。根が単純なだけに、もちろんそれで悪い気はしない。

「ありがとうございました！　ちょっと遅めですけど、昼は俺が奢るんで好きなもの頼んでください！」

「そう？　じゃあお言葉に甘えようかしら」

十一時前に園に入って約三時間。

サンタと手毬は広い敷地の半分ほどを見て回ったあとで、正面入り口近くのガーデンテラスへと戻ってきた。あまり多くの来場者を見込んでいるわけではないのか、この施設には食事をとれる場所が多くなかった。入口の反対側にも休憩所があるみたいだったが、時間をかけて移動する意味はなさそうだった。それにガーデンテラスの方が、正面に竹林と花壇が広がっていて景観がいい。決してお洒落なレストランという訳ではなく、イメージとしては新設大学の学食のような雰囲気ではあったが、高校生の男女が利用するには向いているような気もした。

「席ここでいい？」

「大丈夫です。水おいといて、注文しにいきましょうか」

「そうね」

そう言って二人で券売機の前に立ち、意外なランチメニューの多さに顔を見合わせて笑う。サンタは生姜焼き定食を、手毬はサボテンステーキランチを頼んで席に戻る。

ところがその途中にて。

「まったくもう。そんな大事なレポートをうちに忘れるなんて信じられませんし」

「いやあ、お嬢様が休日に出掛ける予定もない暇な女子中学生で本当に助かりました～。おかげで提出期限にはぎりぎり間に合いそうです」

聞いたことのある声に、聞いたことのある口調。見知った背中をした人物が、ちょうど自分たちからは柱の陰になる場所でおしゃべりしているのがちらりと見えた。

「ふんだ。こんな雨の日に家にいるのなんて別に普通ですし。そんな意地悪言うくらいなら持ってこなければよかったのです」

「ふふっ、冗談です。ほら、ここの食事代は私が持ちますから機嫌直してください」

「スクイがランチなんかで懐柔されると思ったら大間違いですよ……！」

その仲の良いやりとりを聞くまでもなく、それは明らかにサンタの知り合いの二人。スクイと詩織で間違いなかった。どうしてここにという気持ちもあったし、声をかけるべきか一瞬悩んだのも事実だった。

「デザートにデラックスバナナパフェを追加してもいいですよ」

「えっ」

「生クリームマシマシオプションも可です」

「……うう」

「子供か」

だが久しぶりにリアルで見たスクイが本当にいつものスクイのままで、サンタは頭で結論を出すよりも先に、いつの間にか二人の背後に立ってしまっていた。

「えっ」

「あらあら」

「……知り合い、なのかしら?」

サンタのその行動を受けて、三者三様の反応が周りから返ってくる。

「せ、せ、せせせ、先輩? なんで? というかどこから見て――」

慌てふためくスクイの口をふさいで、代わりに落ち着き払った詩織がにっこりと笑う。

「奇遇ですね、大谷さん。これからお食事ですか?」

「あ、まあ、そうっすね」

「そうなんですね〜。そうだ! 私たちも一緒なので、もしよろしければ同席させてもらってもよろしいでしょうか〜?」

両手を右頬《ほお》の横で合わせる詩織の圧は、フレンドリーな態度とは裏腹にかなり強い。その隣で困惑気味にサンタを見るスクイの視線もあって、とても断れるような雰囲気ではなかった。

「そうね。キミのお友達なら、あたしもぜひご一緒して話を聞きたいわ」

しかも困ったことに、圧はサンタの後ろ側。〝お友達〟の部分を強調して笑う手毬からもひしひしと伝わってくる。

「なんで俺、冷や汗かいてんだ……？」

そう誰にも聞こえないように口にして息を整えるが、背中から汗が噴き出てくるのも仕方がないくらい空気が張り詰めていた。まるでツーアウト満塁で回ってきた最終打席のようだ。

「ここにいる女性全員が、大谷さんと関係を持ってるからじゃないですかね？」

「わざと誤解を受けそうな言い方をするのはやめてください」

耳ざとくサンタの独り言を聞き取ったのだろう。

この状況を心から楽しんでいると言った様子で、詩織はくすくすと笑っていた。

2

「さて、それじゃ自己紹介からしましょうか」

生姜焼き定食とサボテンステーキランチが左右に並び、その反対側でミートソースパスタと山菜御膳が湯気をたてている午後二時の食堂。

　窓の方を向くと、午前中に比べて勢いを増した雨の中で、青々とした竹林がしょんぼりとその葉を濡《ぬ》らしていて、まるで今の自分のようだとサンタは思う。

「ね、大谷さん？」

　しかし目の前の悪魔――詩織は、サンタを逃がすつもりはさらさらないようだった。

「ではでは一番手は私からいきますよー。はじめまして、藤原《ふじわら》詩織と申します。こちらのお嬢様の家で、住み込みで働かせていただいております」

「つか詩織さん。住み込みで家のことといろいろやってるなら、なんで今日はこんなところにいるんですか？　家のことしなくていいんですか？」

「あら～、なんだか棘《とげ》のある言い方ですね。もしかして私たちに会いたくなかったとか？」

「違いますって。ただ二人でこんなところにくるなんて思ってなかったから、ちょっとびっくりしただけで」

「まあそういうことにしておきましょう。ですが大谷さん、それは私へのリサーチが足りていないと言わざるをえませんね。恋人失格ですよ」

「恋人⁉」

「先輩⁉」

　がたがたっと音を立てて手毬とスクイが立ち上がる。

「待て待て待て。これはつまり、詩織さんはこういう悪戯《いたずら》が好きすぎる人だってこと！　それだけ！　つかスクイは知ってるだろ！」

「そ、そうでした」

ぺろりと舌を出す詩織さんをこれでもかと指差し、身の潔白を訴える。

詩織は年長者だけあって場を上手《うま》く回してくれるのはありがたかったが、頻繁にこうしてサンタたちを引《ひ》っ掻《か》き回す癖《くせ》も変わっていないようだった。できれば彼女にあまりしゃべらないでいてもらいたいという期待を込めて、スクイに視線を移す。するとスクイの方は、かつてないほどサンタを疑っているような目をしながらも、やれやれとばかりに小さくため息をついた。どうやら察してくれたらしい。

「はあ……なんというか、詩織はたしかにうちで働いていますが、さすがにずっと家にいないといけない訳ではないのです。というか家にいないことも結構あります」

「そうなのか？」

「はい。そもそも大学生ですし。ここの隣の」

「は？」

「そうなんです。実は私、花の女子大生なんですよ〜。それで今日は課題の提出のためにここにきたんですが、あいにくと大切な資料の入ったＵＳＢメモリを家に忘れてきてしまって。家でだらだらしていたお嬢様に急いで持ってきてもらったって寸法です」

「なるほど……」

どっちが使用人なのかわかりませんねという言葉は、サンタの理性がぎりぎりのところで押しとどめてくれた。下手なことをいえば、悪戯という名の恐ろしい報復がないとも限らない。

「で、次はわたしの番ですね。前にお会いしたときはちゃんと挨拶《あいさつ》も出来ずすみませんでした。涼風《すずかぜ》救《すくい》と申します。あらためてよろしくおねがいします」

「えっ？」

「なんですか？」

「ご、ごめんなさい、なんでもないわ。えっと、あたしは月島《つきしま》手毬。彼とは同じ学校で、あたしの方が一学年上」

「ふぅん。彼、ですか……」

「なんでこっち見るんだよ」

「真正面にいるんだから視界に入るに決まってます。先輩こそ何を気にしてるんですか？」

「ばっ、別にお前のことなんて気にしてねーし」

スクイの視線が明らかに冷たい。そして同じくらい、手毬が自分を見る目も冷たい気がする。決定的に何か悪いことをした覚えはないものの、居心地の悪さからサンタはそう感じざるをえなかった。スクイと手毬がまだ冷静さを保っていてくれていることが数少ない救いで、サンタとしては出来る限り早くこの場を解散にまで持っていくのが、今日一番に重要なミッションだった。

「ところで――大谷さんと月島さんはどういったご関係で？」

「ちょ、詩織さん――⁉」

だがしかし、この人だけはどうにもサンタの手に余る。

どうにか回避した地雷をあえて踏みぬくような質問が飛んできて、心臓がきゅっとなる。

「そうね……彼次第でどうとでもなりそうな関係、とだけ答えておくわ」

「ちょ、先輩まで――⁉」

そしてそんな態度を何度も取られて黙っているほど、手毬も大人しくないみたいだった。

手毬はサンタでもびっくりするような物言いで詩織とスクイを牽制《けんせい》したかと思うと、一度座り直す振りをした際に、心なしサンタの方に身体を寄せてきてすらいた。

四人の間に流れる空気が一層ぴりぴりと張り詰めて、サンタの息がどんどん苦しくなる。

こうなってはもはや、当たり障りのない会話だけして和やかに解散という道は閉ざされたも同然だった。

となるとサンタとしては、これ以上話の行方《ゆくえ》がこじれて制御不能になる前に、すべてを洗いざらい打ち明けるのが次善の策であるように思えた。というか本来はそれが正道だろうし、変に取り繕わなければならないようなことはしていない。

だがその認識は、あくまで自分からの視点に限ってのものだというのを、サンタはまだ理解していなかったのだ。

「わかりましたよ詩織さん。ちゃんと全部答えるんで先輩を焚きつけるのはやめてください」

「あら、素直」

「そうさせたのは誰だと思ってるんですか。つか言っときますけど、詩織さんが思ってるような変な話は出てこないっすからね」

「ならお伺いしますが、お二人は今日はどうしてこんなところに？　提携先を悪く言うのは気が引けますけど、この植物園ってあんまり人気スポットって訳じゃないじゃないですか」

「勉強です」

「というと？」

「その、先輩は短歌が上手《うま》いから、自然を詠むときにどんなことを考えてるのかとか。そういうのを、一緒に回りながら教えてもらってました」

「え……っ？」

そんなサンタの答えに、しばらく口数の少なかったスクイが急に声をあげる。

手にしたフォークが滑り落ち、静かな食堂に小さな金属音が響く。

同様にそれは詩織にも予想外の回答だったようで、彼女にしては珍しくまっとうに困惑しているのが見て取れた。

「あら……あらあらあら。すみません、これはなんていうか……ちょっと思ってたのとは違うのが出てきちゃいました……」

「何を想像してたんですか、何を」

と軽いノリで反論してみるが、それにも詩織の反応は芳しくない。

というよりサンタの一連の説明は、予想よりはるかに悪い印象をこの二人に与えているみたいだった。

「え、え……？」

青くなって絶句しているスクイの顔。

「だって、お嬢様以外からも短歌を教わっていたなんて思わないじゃないですか……」

それから心底残念そうな詩織の台詞《せりふ》が、何よりも如実にそれを物語っている。

全員の視線を一身に受けたサンタは、コップの水を飲み干してから口を開いた。

「いや、なんて言ったらいいのかな。手毬先輩は、えっと、あのこと話して大丈夫ですか？」

「構わないわ。それにあたしも、キミの短歌にまつわる話には興味があるもの。せっかくだから今ここで全部聞かせてもらいたい」

「先輩までそんな低い声だすのやめてくださいよ。……じゃあ説明すると、手毬先輩は趣味で短歌の配信をやってるんですよ。リスナーから短歌を募集したり、自作の歌を披露したり、みんなでわいわい話し合ったり、そういう感じのを。で俺は、短歌の勉強方法を探してるときにその配信を見つけて、後から先輩がそれの配信者だってのを知った」

「ははぁなるほど。つまりこちらの月島さんは、大谷さんだけがその正体を知っている配信者ということですか……?」

「そっすね。で、こっちは先輩への説明ですけど、スクイは俺が短歌をはじめるきっかけで、添削とか指導とかをしてくれてる師匠みたいなやつです」

「へえ。キミって急に上手くなるときがあって不思議だったけど、そういう理由だったのね」

「でも待ってくださいよ? 今の台詞から察するに、大谷さんは今も月島さんの配信を熱心にご覧になられているんですよね? ときには投稿とかもしちゃったりして」

「それはそうですね」

「ということはですよ。大谷さんはお嬢様から短歌を教わり、その成果を月島さんの配信で披露して格好つけてた、ってことですか……?」

「う……」

情け容赦のない詩織の指摘に、なかなか会話に混ざれないスクイの口から、悲痛なうめき声が漏れる。怒りよりは悲しみが圧倒的に勝っているようで、手はかすかに震えている。それでもスクイは気丈に顔をあげたかと思うと、今にも泣きそうな顔をしながらサンタの顔を見た。

「先輩……わたしからも、ひとつだけ質問させてください」

「なんでも言ってくれ」

「はい。えと……今まで一緒に作ってきた短歌たちの、最終的な行き先はどこだったのですか……？　自分の心の中……？　不特定多数に見せるSNS……？　それとも——」

その思い詰めた眼差《まなざ》しを受けて、サンタは突然いろいろなことを理解した。

今この瞬間にスクイが抱えている気持ち。

自分がしてきたこと。

それから今すべきこと。

ここで誤魔化《ごまか》したりなんてもちろん出来るわけがなくて、かすれた声をどうにか絞り出す。

「全部じゃないけど、自分でも気に入ってお題に合ってるやつは先輩の配信に投稿してた」

「……っ、そ、そうだったんですね」

スクイは心底つらそうにそれだけ言うと、それきり押し黙って顔を真下に向けた。

サンタの返事が彼女を失望させたのは明らかで、それは歌会という二人きりの場所を売り払ったに等しい行為だった。

なにしろスクイはただ純粋に、サンタの短歌への情熱を信じていたのだ。

それなのに今になって急に、他の女に贈るための短歌の手伝いをさせられていたと知ったらどう思うかなんて、少し考えればすぐにわかる。

狙いははじめから手毬。

彼女に認められ、仲を深めることが目的で、短歌もスクイもそのための手段にすぎない。

そう疑われても仕方のない状況だったし、なによりサンタ本人にそれを十分に否定するだけの言葉の用意がなかった。なぜならサンタ自身、たった今気がついたのだ。こうなったとき、スクイがどれだけ傷ついて、裏切られたと感じるだろうかということに。

「あっ、そ、そういえば私の課題提出の締め切りもうすぐなんでした！　さ、お嬢様。お食事の途中で申し訳ないですけど、そろそろ行きましょう！」

だから詩織がそう言って話を切り上げようとするのも、彼女からすれば当たり前のことだったのだろう。

まだ付き合いは浅いが、サンタにはわかる。詩織はスクイの保護者を兼ねているような立場で、スクイを守ることをとても大切に考えている人だ。だからたとえまだ食事にほとんど手を付けていなくて、デラックスバナナパフェは頼んですらいなかったとしても、この場を離れようとするのは必然だった。これ以上の長居は、ここにいる全員に不幸しか運んでこない。

「待ってください……あの、ひとつ、いやふたつだけ」

だが詩織がスクイを立ち上がらせたその背中に向けて。

手毬だけは、他の三人とはまったく違った気持ちを口にしていた。

「その、なんでしょうか。できれば早めに出ていきたいのですが」

「すみません、それはわかります。だけど……想像ですけど、彼には悪気なんて全然なかったんだと思うんです。良くも悪くも、考えなしだから。これがひとつめ」

「ふたつめはなんですか？」

「あたし、ファンなんです。その……そちらのお嬢さんの。だから名前を聞き間違えたりなんて絶対しない。まさか雛歌仙《ひなかせん》の筆名が本名だとは知りませんでしたが……」

「あら……。だそうですけど。お嬢様」

話を向けられたスクイが、びくりと身体を震わせる。

「は？　前に先輩が言ってた天才少女がスクイ？　あの活動休止してるっていう？」

一人だけ話についていけないサンタが、混乱して同じことを問い返す。

それに小さく頷《うなず》いてから、手毬は再び話しはじめた。

「憧《あこが》れでした。あなたが作った短歌があたしを救ってくれた。ただ窮屈さに耐えるだけで、何もしようとしなかったあたしの頬を引《ひ》っ叩《ぱた》いてくれた。生き方を変えられたのもあなたのおかげ。あなたの言葉があったから、あたしも気持ちをかたちにして生きていこうって、変わっていこうって思えるようになったんです」

「そう、なんですか……？」

「そうです。だから、えっと、前に出すって発表があった歌集も楽しみに待っています。本当はこんな時に言うべきじゃないってわかってるんですけど、あなたの歌が本当に好きだから。だからどうしても伝えたくて……」

「あ……ありがとう、ございます」

真摯な手毬の言葉にようやく少し持ち直したのか、蚊の鳴くような声ではあるがスクイが反応する。けれど振り返ったその顔は今まで以上に蒼白で、サンタと手毬は、目の前の少女が想像していたよりもっとつらいものを抱えていることを察した。

「ごめんなさい」

唐突に頭を下げて、なぜか謝罪の言葉までをも口にしているのがその証拠でもあった。

「その……先に言っておきたいのですが、スクイは別に怒っていないです。先輩にも、月島さんにも……」

「そうなのか……？」

「はい……というかリアルで同年代のファンの人に会ったのは初めてで、うれしいです。だけど、だからこそ……」

「なんだよ。どうしたんだよスクイ」

怒っていないというのなら、なぜそんなにつらそうな顔をしているのか。今にも泣き出しそうなのか。サンタにはそれが悲しくて仕方がない。ただ自分もスクイと同じような顔をしてしまっているみたいで、彼女はサンタを見た瞬間にさらに表情を曇らせた。

最近は影をひそめていたのに、まるで図書館や白樺女子で会ったときのような反応に戻ってしまっていた。

特徴的なのは怯《おび》えるような目と、それから震えながら下を向いて話す様子だった。それは大きなミスをして監督に本気で叱られているときに下級生がする仕草と似ていて、中学生くらいのときの自分にも経験があった。

自分の価値が暴落しているのを自覚して、けれどもうどうすることもできないという絶望。支えにしていたものを失い、完全に心が折れたときの表情だ。

「お嬢様。無理に話す必要は——」

「いいんです詩織。先輩と、こんなに優しいファンの人に嘘《うそ》はつけないですし。それに悪いのは全部わたしなのです……」

「ですが……」

そんなスクイの様子に、詩織は当然気がついているようだった。

それでもスクイは止まらず、明らかに話をやめさせたがっている詩織を制して続けようとしていた。ほとんど暴走しているに近い反応だったが、サンタ自身スクイの話を聞きたいと思ってしまったせいで、やめさせるタイミングまで逸してしまった。

「本当はずっと、このままじゃいけないって心のどこかで思っていました。だから……ごめんなさい先輩。ごめんなさい、月島さん。だいぶ遅れちゃいましたけど、正直に言います。

——スクイは本当は先輩に短歌を教えられるような人間じゃないんです。誰かにファンだって言ってもらえるような人間でもない……」

まるで堰《せ》き止《と》めていたものがついに溢《あふ》れだしてしまったみたいに、スクイは泣きそうになりながら自分を責め続けていた。

「待て待て待て。俺はお前に教えてもらって後悔したことなんて一回も無いぞ？」

「違うんです！　わたし、前に先輩に言いましたよね。訳あって今は短歌を作ってないって。あれ……嘘なんです」

「どういうことだ？」

「作ってないんじゃなくて、作れなくなっちゃったんです。もう一年以上……短歌を書いてない。書こうと思っても、手が動かない。言葉が浮かんでこない。短歌の作り方が、全然わからない。スクイは本当に、もう何ひとつ生み出せなくなってしまったんです」

「そんなわけないだろ。俺が作ったやつの手直しとか、いつだってさくさくやって――」

「それも違うんです。添削と創作は、使う頭の部分が全然違う。スクイは先輩の創作に、少しだけ乗っからせてもらっただけ。偉そうに講釈を垂れて、こうした方がいいですよなんて言っておいて、本当は自分がもう何かを創れないのをずっと隠してた。月島さんみたいなファンの人たちにも何も言わず、ずっと同じことをしていた。先輩も、こんな人が師匠だなんて呆《あき》れちゃいますよね……」

サンタの視界の真ん中で、スクイは涙を流さないまま泣いていた。深々と頭を下げて、サンタたちだけに留まらない、なにか別の大きなものに対しても謝っていた。

だがスクイが謝る理由なんてこれっぽっちもない。泣かせているのは他ならぬ自分なのだと、サンタは痛烈に思い知っていた。

スクイが打ち明けた話自体は、おそらく真実なのだろう。

だが今このタイミングでぶちまけたのは、ささやかながらも彼女を支えていたものを、サンタたちがぽっきりと折ってしまったからだ。

一切《いっさい》の創作ができなくなる中、かろうじて短歌とのつながりを維持させていた歌会という場を、サンタが取り上げてしまった。そのうえで手毬もただの一ファンとして、無邪気な感想とともに、無責任な願望を雛歌仙にぶつけてしまった。

そう。つまるところスクイは、サンタと同じだったのだ。スクイもまた全身全霊で打ち込んできたものを失って、しかもサンタよりもずっと長く絶望と向き合ってきたのだ。

ただひとつ違うのは、サンタは、マリアとスクイにそこから拾い上げてもらえたということ。

一方でスクイは、一度は救われたような気にさせられておきながら、たった今サンタと手毬によってさらに叩き落されたのだ。

その痛みはもはや、サンタにだって想像がつかない。

「……本当にごめんなさい。全部……ちゃんとします。こんなわたしがあんなこと、初めからしちゃいけなかったんです……」

「待っ――」

悲痛なまでの声色で、スクイが吐き捨てるように言う。

あんなことというのがサンタの先生役であるのは明らかで、いくら鈍いサンタでもそれくらいは理解できていた。つまりはスクイの言葉は絶縁宣言であり、自分たちの関係を終わらせる覚悟を口にしていた。

けれどそれを止めてくれなんて、どうしてサンタの口から言えるだろう。

「待ってスクイちゃん。書けないなんてきっとスランプなだけよ。だって雛歌仙はあたしたちの世代の憧れで、希望で、いつだって先頭に立って引っ張ってくれた星みたいな人で――」

「やめてください。それも違うんです……違うの……っ！」

「お嬢様⁉　ちょっと待ってください！」

手毬がスクイを励ますように声を掛けたが、それも今のスクイには届かなかったようだった。

逃げるようにその場を走り去ったスクイの行方を必死に目で追いながら、詩織がつらそうに口を動かす。

「お嬢様が短歌を作れなくなったのは、その雛歌仙という名が原因なんです」

まるでスクイを追いかける前にこれだけは言っておかねばと決心しているようで、それは彼女にしては珍しいくらい真剣そのものの表情だった。

「あれは今年の春先でしたでしょうか。お嬢様は顕広《あきひろ》様から言われたのです。雛歌仙という名を捨てない限り、二度と短歌は発表させないと。お前との師弟関係をなかったことにしたいと。ですが雛歌仙という名は、お嬢様が短歌に打ち込んできた歴史そのものです。顕広様に学び、研鑽を積み、自らを磨き上げてきた時間が結実したものです」

「わかるわ。だからあたしも好きになった」

「ですが考えてみてください。そうやって丁寧に作り上げてきたものの中から、それらの大切なものの要素だけを取り除くなんて、どうやったらできるのでしょう。ある日突然、雛歌仙だけを削《そ》ぎ落してただの涼風救になれと言われても、どうしたらいいのかわからないのです。だから書けない。短歌を続けられない。もう何もわからない。そうお嬢様は泣いているのです」

「そんなの……」

言葉遊びじゃないかと言おうとして、サンタは胸を詰まらせた。

なぜならサンタだって、キャッチボールひとつとっても誰かに教わって身体に染みこませてきた。一緒に野球を頑張ってきた仲間たちもいたし、両親にはずっと苦労を掛け通しだった。打ち込んできた時間も参考元も本当に気が遠くなるくらいに膨大なもので、それらの集大成がサンタのプレースタイルだった。それを捨てろなんて言われたって、どうしたらいいかわからないというのは至極当たり前の話だ。

それに実際費やしてきたものを、丸ごと捨てざるをえなかったサンタにはわかる。本当に手放してしまったときの、あの心がねじ切れるような痛みと苦しみ。それをスクイにも味わえだなんて台詞、酷であるにもほどがある。

「そんなの……」

言えるわけがない。

自分からそれらの大切なものを捨てろなんて、サンタには口が裂けても言えない。ましてそれが、今までずっと自分を助けてくれていたスクイにならなおさらだ。

「そういうことだったのかよ……」

スクイの悩み。スクイがずっと抱えていた問題とプレッシャーがようやく腑《ふ》に落ちて、サンタもまた取るべき行動を見失った。どうしたらいいのか、まったくわからなくなってしまった。

ぺこりと頭を下げてから、詩織がスクイを追って走っていく。

その背中を、サンタと手毬は黙って見送ることしかできなかった。

手元の昼食は、いつの間にかほとんど冷めてしまっていた。

3

早足に植物園のゲートをくぐって、スクイは駅を目指していた。途中から誰かの足音が追ってきているのはわかっていたが、振り向く気にはなれなかった。

「どうして……」

「お嬢様、待ってください」

ずっと頭の中でくすぶっていた一番大きな疑問を口に出して、駅舎の目前で左に曲がる。線路脇《わき》の人気のない道に入り黙って歩き続けていると、とうとう背後からの人影がスクイと肩を並べた。

「どうして……」

「お嬢様？」

さっきからずっと繰り返していた疑問に、優しい声が届く。

それが温かくて、けれど意味がわからなくて、スクイは思わず声を荒げていた。

「どうしてあんなことをしたんですか、詩織!?」

「どうして、というと……？」

「とぼけないでほしいです！　全部わかってて先輩たちと引き合わせましたよね？　急に呼び出されるなんておかしいなって思ってたのです……！」

「ああ、そのことですか」

スクイの追及に、詩織が涼しい顔でこたえてくる。

「たしかにお嬢様の言うとおり、私がお嬢様を呼び出したのは、あそこで偶然大谷《おおたに》さんを見かけたからです。でもそれだけですよ。全部わかってたなんて大げさですし、まさかこうなるなんて思ってもいませんでした」

「それがおかしいんです。そもそも先輩を見かけたからって、スクイを呼び出す必要は――」

「いい機会だと思いましたので」

「な、何がです……？」

「先日、顕広様が仰《おっしゃ》っていました。近いうちにまたお嬢様と話をするつもりだと。雛歌仙を廃業する準備はできたのか、はっきりさせたいと。差し出がましいようですが、お嬢様がその答えを出すために、大谷さんはとても重要な存在だと思いまして」

「せ、先輩は関係ないですし……」

力なく反論する声はどんどん小さくなっていき、語尾はもうほとんど聞き取れない。それはスクイ自身、サンタの存在が自分にとって大きなものであることをわかっていたからだ。現代最高峰の歌人の孫にして、将来は斯界《しかい》の行く末を支えることまでをも期待される身。けれど当の祖父からは破門に近い宣告を受けていて、自分も以来短歌を作れなくなってしまったこと。そういったことを全部忘れて、ただ年相応の中学生として、同年代の友人と言葉を交わしあう時間が、スクイにとってどれほど大切だったかは言うまでもない。

しかしそれも、ついさっきのあの瞬間まで。サンタには自分以外にも大切な短歌仲間がいて、スクイだけが特別というわけではなかった。すべては自分の勘違いで、今以上の発展性は消えてしまった。本当は自分に教える資格なんてないことも、とうとうばらしてしまった。きっと呆れられているに違いないし、なにより合わせる顔がない。

となればたしかに詩織の言うとおり、スクイにはもう雛歌仙という名前しかなかった。

「短歌は……やめないです」

それだけ絞り出すように言って、スクイはどうにか詩織に笑ってみせた。

歌集の完成を楽しみにしてます。そうまっすぐに言ってくれた手毬の姿が頭に浮かぶ。そうなのだ。手毬に限らず、雛歌仙に期待する人は大勢いる。その人たちの思いだって裏切れないし、なにより祖父の短歌がスクイは好きだ。だからどうにか祖父を説き伏せて、今までと同じ道に戻るのが一番いいに決まっていた。たとえそれが祖父の望むものではないとしても。サンタの姿がどこにも見当たらなくても。

それなのに、そんなスクイの決意を乱すかのように、詩織はとても悲しそうな顔をしていた。

「その、勘違いしないで頂《いただ》きたいんです。私はお嬢様には、本当に望むことをやってほしい。決して無理をしてほしいわけではないのです。ですから、もしお嬢様が本心から短歌の道を歩みたいというのであれば、私はいつだって応援します。だけどそうじゃないなら——」

「大丈夫……大丈夫です。ちゃんとわかってますから」

スクイはそこでようやく立ち止まって、思ったより狼狽《うろた》えている詩織に声をかけた。彼女の言葉が嘘じゃないのは、他の誰よりもスクイが理解していた。ずっと小さい頃から、それこそ姉のように自分を守ってきてくれた人。多少おかしな策を巡らせようとする悪癖はあるにせよ、スクイへの悪意がないのはわかりきっていることだった。だから詩織に怒る気持ちなんてこれっぽっちもない。それよりも頼りない自分が本当に情けなくて、今にも涙が出そうだった。

「詩織、ここで引き返してください。ほら、課題の提出があるって言ってたじゃないですか」

「嫌です。単位なんて本当はどうでもいいんです。このまま自宅まで——」

「一人にさせて」

「それは……」

「ちゃんと家には帰りますし、迷惑をかけるようなこともしません。詩織が向こうをむいたら、いつもどおりの涼風救に戻ります。だから」

「……ですが」

「おねがい……」

最後の懇願のときには、既に決壊寸前だった。

涙声でどうにか口にした台詞で詩織も諦《あきら》めてくれたのか、戸惑いを隠し切れない足取りながらも元の道を戻っていった。

ぷわーっと警笛が鳴って、フェンスの向こうに電車が走ってくるのがわかった。ごうんごうんと音を立ててスクイを追い越していき、最後の車両がみるみる小さくなっていった。遅れてきた風がぶわっと髪を揺さぶって、その些細《ささい》な衝撃でスクイの涙腺は決壊していた。

「ほんと、バカみたい……っ。スクイだけ、なんにも、なんにも、わかってなくて……っ」

とめどなく涙をこぼしながらスマホを取り出して、歌会のグループから抜ける。けれど胸に刻まれたサンタとのやりとりや短歌は、そう簡単にはスクイを離してくれない。

憧れの人にリプライできなくていいねだけ押した。

出会ったばかりのキミに、野球への未練がバレていた。

長い上りの坂道を自転車で一生懸命のぼった。坂の下から、キミの視線が届いていたから。今までちょっとした違和感を持ちながらもスルーしてきた、特定の誰かが画面の向こうにいそうな短歌。サンタが短歌の中で使った二人称の「キミ」が、はっきりと手毬という女性の姿で起ちあがってくる。あるいはキミという言葉なんてなくても、誰かの視線を意識した歌は他にもあったかもしれない。

それらの短歌に潜んでいたかすかな恋愛感情を見逃せるほど、スクイが短歌と過ごしてきた時間は短くなかった。

「ぐすっ、ばか……先輩の、ばかぁ……！　うわあああああああ……」

自分に短歌を見せて練習しろと言ったのは、他でもないスクイだ。はじめは気まぐれだったのに、いつからか一人で舞い上がって、こんなにも涙が止まらないほど深入りしていたのもスクイ自身だ。だから本当にバカなのは自分なんだと、スクイは本心ではわかっていた。でもだからといって、そんなにすぐ涙が枯れてくれるわけもない。

また別の電車がスクイを追い越していき、視界の端を貨物列車の赤茶けたコンテナが次々と過ぎ去っていく。

その大きくて遠慮のない騒音に紛れて、スクイは声をあげて泣いた。傘で顔を隠して、雨と同じくらい大粒の涙をぽろぽろとこぼしていた。

4

家に帰りついて、夕食をかきこむように食べて。

それからいつもよりだいぶ早く風呂を沸かして、一番最初に湯船に飛び込む。お湯に浸かった髪が水面で模様みたいに広がる真ん中で、手毬は口まで顔を沈めたまま宙を眺めていた。

「なんだか……いろんなことがありすぎたわ……」

思わず口に出した台詞は、実際のところはぶくぶくぶくぶくとしか聞こえない。けれどゆっくりと身体を温めながら口に出すことで、ガチガチに凝っていた思考がじわりとほぐされていくような感覚になる。腕も身体も伸ばしきって、浮力にすべてを委《ゆだ》ねる。目を閉じて水面に浮かぶ自分の腕の感覚を探っていると、脳裏に浮かんだのは植物園での光景だった。

「大谷君。涼風さん。藤原さん。それから……あの子が雛歌仙」

ぶくぶくとそこにいる面々の名前を口にして、今日のことをあらためて思い返してみる。途中まではただただ後輩とのデートが楽しいだけの一日だったはずなのに、今となってはその後の出来事があまりにもインパクトがありすぎた。

なにしろ手毬にとって、涼風救という名前には、気になっている男子にも劣らないくらいの価値がある。初めて知ったときからずっと憧れの人で、人生を変えてくれた恩人で、永遠の目標でもある短歌の先達。しかもそれは手毬が一方的に思っているだけで、実際にその人に会えるだなんて考えたこともなかったのだ。まして、その気持ちを伝えるだなんて。

「でも……短歌を作れなくなったって……言ってたわね……」

少しだけ身体を起こして顔を出す。顎《あご》の先からぽたぽたと、垂れた雫が落ちていく。自分は雛歌仙に導かれて今短歌を作っているのに、本人があんな状況にあるというのがぴんとこなかった。しかも今は二人で並行して一人の初心者に教えていて、二人ともその少年のことが気になっている。本当に信じられないような巡り合わせだ。

「キャパオーバーね……」

何をどうしたらいいのかなんて、今日の今日では思い浮かばない。ただ本音を言えば、手毬は全部を手に入れたかった。

雛歌仙はまた短歌を作れるようになって。自分はいつか配信に出てもらえるくらいその人と仲良くなって。それからサンタとは、いつかお互いに一番大切な存在になれたら。そうしたらどんなに素晴らしい日々だろう。

「彼、どうするのかしら……」

だが結局鍵《かぎ》になるのはサンタであり、彼の決断がもっとも自分たちの行く末を左右する要素であることもわかっていた。

それにそもそも手毬は、スクイが勝手にショックを受けるほど、現時点でサンタの気持ちがどちらかに傾いているとは思っていない。彼や自分のような普通の人間にとって、創作物を誰かに読んでもらえる機会というのは本当に貴重だ。だからスクイに習作を添削してもらうのも、手毬の配信に力作を投稿するのも、どちらも大切でかけがえのない場。現代最高峰の歌人の孫に生まれ、物心ついたころから短歌を見せる相手に事欠かなかったであろうスクイには、たぶんそういう観点が足りないのだ。

「だけどそのぶん、きっとあたしには想像もできないような苦労もあったんでしょうね」

だがそれは今さら言っても始まらない、生まれついてのこと。スクイはスクイの環境の中で精一杯やるべきことをやり、同じように手毬もそうしてきたというだけの話。その良し悪しなんて較《くら》べる方がナンセンスだ。

「あ……そういえばあたし、今日配信予定だっけ……」

いろいろと思考を巡らせていく中。手毬はようやくそこで、自分がやるべきことのひとつを思い出した。

顔を上げる。

ゆっくりと湯船から立ち上がり、それから大きく息を吐く。

人前に立てるような気持ちになれるか一瞬心配したが、配信意欲は思ったよりたくさんあった。というより、こんなときだからこそ普段どおりというのが大切なのかもしれない。

「よし」

気合いを口にして、手毬は風呂を出た。サンタとのことは、次会ったときに答えを出すつもりでいた。きっとその機会はそう遠くないうちにやってくるし、もしこないのならそこまでの関係だったんだろうと思った。今じたばたしたところで、事態は何も好転しない。

「次回の短歌募集、恋の歌にしようかしら」

無意識に呟いていた言葉が、自分の密かな願望であることに手毬は気づいていなかった。最近ネットで流行りの歌を口ずさみながら、手毬は配信の準備に取り掛かりはじめた。

5

マリアの配信が終わった二十二時。いつもより身が入らないことを自覚しながら終わりの挨拶まで聞き終えて、サンタはベッドに倒れこんだ。

植物園の一件から、頭はずっと混乱している。だがこんなときでもいつもどおりのマリアの配信のおかげで、少しずつ振り返る余裕が持てはじめていた。

「対象をしっかり観察しろ、か……」

無意識に口にしたのは、手毬に教えてもらった短歌を作るときの心得。

だが言葉にしたいものと正直に向き合えというのは、短歌でなくとも通用する大切なことのように思えた。つまりこの場合は、ぐちゃぐちゃのままのサンタの心。それを真っすぐに見つめ、解きほぐさないことには、サンタは気持ちを言葉にできない。先に進めない。

「悪いこと、したよな……」

とはいえ今のところサンタが自覚していることといったら、とにかく二人に対しての申し訳なさだけだった。

手毬に対しては、まず今日の外出で気まずい気持ちにさせてしまったことを悔《く》いていた。いくら予期していなかったこととはいえ、テラスでの話がこじれたのは自分のせいだからだ。それまでは緊張しつつも楽しく過ごせていただけに、なおさらそこに申し訳なさを感じてしまう。

「でも、先輩も結構ガチガチだったよな……」

無事に待ち合わせ場所で合流し、初めて互いの私服姿を見たときのことを思い出す。

上手く言葉が出てこない情けない自分と、それにちょっとだけ不満げな顔をしている手毬。

普段なら笑ってからかってくるような場面でも、今日だけはいつもとリアクションが違っていた気がする。思い返したらそれがひたすらに可愛《かわい》くて、サンタは思わず笑ってしまっていた。

それだけ気合いを入れて、いいところを見せようと頑張っていたのだ。

たぶん、サンタも手毬も。

「あとはスクイか。俺はあいつに……」

どうしてやればよかったんだろう。

言いかけたその言葉を飲み込んで、サンタは両手で顔を覆った。

ただの年下の師匠だった女の子が隠し持っていた、もうひとつの別の顔。冗談だと思っていた中学生短歌女王というのが、むしろ控えめな自称だったことに驚きを禁じえない。

けれど実際のところ、自分にとってスクイとはなんなんだろうか。手毬との関係を一言で言い表せないのと同じように、スクイとの関係がなんなのかもサンタにはわかっていなかった。

短歌の師匠で、ちょっと構ってほしがりの後輩で、正体は既にプロとしても活動していた本職の歌人。

普段は滅多に会わない代わりに、サンタとのＤＭだけは毎日欠かさなくて、近いのか遠いのかわからない変な奴《やつ》。それを上手く言い表す言葉なんて、この世に存在するのだろうか。

「つかあいつ……何考えてんだマジで」

その変な奴が、歌会のグループから抜けたことは既に知っていた。

優しいスクイのことだから、本当は自分に教える資格なんてないのだという自罰的な思考が理由なのも明らかだった。だが短歌を教える資格なんて、そもそもサンタは必要としていない。というより、もはやあのグループはそこにいるのがスクイだから意味があるのだ。短歌が作れようが作れまいが、はっきり言ってそこはどうでもいい。

「短歌、結構見てもらったよな……」

歌会でのやりとりをぼんやりと思い出し、サンタは小さく呟いた。まだほんの二か月分だけれど、それでも短歌をはじめようと思った日から、毎日欠かさずひとつは作ってきた。

訳のわからないなりに自分が見たものを。

未熟者なりに感じたものを。

子供なりに思ったことを。

そういうものを全部、一生懸命言葉にしてきた。それはサンタが残してきた足跡であり、知らないうちに書き残していた思い出でもあり、自分を構成してきた感情の写し絵でもあった。

「そっか……あれ全部、まとめたのが俺《おれ》か」

また一人で呟いて、今さらの発見にちょっとだけ笑う。

体験してきたこと。

考えたことと感じたこと。

昨日の短歌には昨日の自分がいて、一昨日のものには一昨日の自分がいて、その積み重ねて今日のサンタがいる。

一人きりになってしまった歌会のグループと、手毬《てまり》の配信に送るために使っていたスマホのメモ帳を開いて、サンタは自分が作ってきた歌をひとつずつ遡りはじめた。

ログを見て、メモを見て、丁寧に過去の自分を振り返っていく。たしかこのときはあんなことを思っていたななんて、自分を観察しながら紐解《ひもと》いていく。それもまた手毬やスクイに教えてもらった大切な工程で、サンタは改めて二人が自分にとってかけがえのない存在であることを思い知った。

気づけば時刻は零時をとっくに回って、午前二時。
自分しかいなくなってしまったとはいえ、今日の短歌をまだ送信していない。

席替えも空しいクラスに君がいない　一年早く生まれてたらな

自分以外の誰《だれ》も見ない短歌を送信して、サンタはスマホを置いた。月曜日に席替えをするという担任の言葉を思い出して作った歌だった。
毎日作らないと気持ちが悪いという感覚を持てたのは初めてだったが、そう思えるようになるまで支えてくれた人たちは、今はもう周りにいなかった。

八句

koisuru shoujo ni sasayaku ai ha, misohitomoji dake arebaii

十月二十六日

1

淡々と家と学校との往復だけをして平日をやり過ごし、とうとうサンタの元に次の土曜日の朝がやってきていた。

前日は早く寝たせいだろうか。アラームよりも早く目を覚まし、寝ぼけ眼《まなこ》のまま机の上のスマホを手に取る。すると端末の左上に、小さな緑色の通知ランプ。まだ鈍い思考のまま画面を覗《のぞ》き込む。

『今日の秋体、投げるかもしれない』

メッセージはその一言。送り主は小糸《こいと》だ。

「……一時からだっけか」

秋体とは秋の大会の略で、つまりは春の甲子園の選考にもかかわる一連の公式試合のことを指す。それに一年で抜擢されるというのは、小糸が順調に評価を上げているということに他ならない。だが本来はお調子者の小糸が、めでたいことなのにたった一言しか寄越さないというところに、どれだけ悩んで送信ボタンを押したかが読み取れる気がした。

「気、使わせちゃってんな」

というより自分だったら、事故の相手にはこんな短文すら送れないかもしれない。相手も望んでいないだろうなんて体のいい言い訳に逃げて、何もしなかったかもしれない。しかもサンタは、何度かかけてもらった戻ってこいという言葉を、その都度冷たく袖《そで》にしてきたのだ。それを思うと、まだサンタと連絡を取ろうとしてくる小糸の勇気が痛いほど沁みた。

かつては一緒にチームを背負うつもりだった盟友からの、大切な一言だった。

『ありがとな。知らせてくれて』

サンタは身体を起こし、清々しい気持ちで全身を伸ばした。

それから過去の自分の不貞腐《ふてくさ》れた態度を謝り、応援してる気持ちに嘘《うそ》はないことと、それでもやはり野球部に戻るつもりはないことを書き添えた。

既読はつかなかったが、それはもう朝練に入っているからだとサンタにはわかっていた。自分の身体はもうすっかりなまっていて、練習にはついていけないだろうと思った。

それに寂《さび》しさを感じながら、自分も朝の準備に取り掛かる。

そもそも誘われるまでもなく、サンタははじめからその試合を見に行くつもりでいた。理由は手毬との待ち合わせの約束がそこであるから。といっても直接そこで会おうと打ち合わせた訳ではない。前回の配信で、彼女自身が匂《にお》わせたのだ。マリアは未《いま》だに、リアルでクロスプレーというのを見たことがない。だから手頃な野球の試合を、近いうちに見にいくつもりであると。

スポーツにも力を入れているサンタの学校で、秋の大会がはじまっていることを知らない学生は誰もいない。だからマリアが口にした言葉は、つまりはそこで会って話をしようという自分へのメッセージだと思っていた。

顔を洗って、鏡の中の自分と目を合わせる。

小糸は公式デビュー戦。

手毬も熟考の末の行動だろうし、サンタにとってもそれは変わらない。

つまりは今日は全員にとって勝負の日。たくさんのことにケリをつけるべき日だ。

相応の覚悟を決めて、サンタは食卓に移動した。食べる前に開きっぱなしになっていたアプリの画面に気づき、「絶対見にいく。がんばれ」という言葉を付け足した。自分はもう野球部ではないから、部員と一緒に移動することはできないけれど。それでも今日だけはスタンドから必ず小糸の登板を見届けるつもりでいた。

2

ターミナル駅から出ている路線バスで三十分強。ただしそこまでの地下鉄で事故があり、サンタが到着した頃には試合はもう中盤に差し掛かっていた。

対戦相手は、最近野球に力を入れていると評判の新鋭。休日とはいえまだ三回戦ということで、三塁側の内野席に手毬の姿を見つけるのは難しくなかった。

「隣いいですか」

「ええ。今日だけはあなた専用よ」

「この先は？」

「それを決めるのは本当にあたしなのかしら」

そう言って笑いながら、手毬がサンタのことを見上げてくる。途中の自販機で買ってきたドリンクを渡しながら、サンタが隣に腰かける。

五回の裏。ワンアウトランナー一塁。ピッチャーは小糸。下馬評《げばひょう》ではサンタの高校が圧倒的に優位だったが、点差はわずかに一点のリード。相手エースの調子がかなりいいのだろう。スコアボードを見ると相手の方が多くヒットを打っていて、小糸は援護の少ない中どうにか耐えているという状況のようだった。だがそれだけに、この中盤からのスタミナに不安が残る。

「わからないなりにずっと見てたけど、押してるのはずっと相手の学校だったわ。ホームランの差でうちが勝ってるけれど」

「なんとなく想像できます。てか先輩は列車事故の影響とか受けなかったんすね」

「お兄ちゃんに車出してもらったから。でもまさかキミの方が遅れるとは思ってなかったわ」

「う、すんません。でも……俺は来ないかもしれないって思わなかったんですか」

「バカね。そんなこと思うわけがないでしょう」

本当にそんなのは頭になかったとでも言いたげに、手毬は穏やかな顔で言った。

連絡は一切《いっさい》取らなかったのに、そこまで信用されていることを少しだけうれしく思った。

そしてだからこそ、サンタにはこの人に伝えなくてはならない大切なことがあるのだ。

「その、なんていうか。あんまりこういうの慣れてないんで、先輩の中だけに留めておいてもらいたいんですけど――」

「安心して。口は軽い方よ」

「そこは嘘でも堅い方って言ってください」

ガチガチのサンタを和ませようとしてくれているのだろう。まれに見せる悪戯《いたずら》っ子の顔をして手毬が隣で笑っている。おかげでさっきよりはリラックスして、サンタは大切な思いを言葉にすることができた。

「その……ずっと好きでした。詩歌《しいか》マリアのことが。画面の中の相手にって笑うかもしれないですけど、本気で誰かを好きになったのも初めてでした」

「ありがとう。キミの初恋が詩歌マリアだなんて光栄だわ」

　手毬が微笑む。

「お礼に、あたしのことも教えてあげる。あたしもね、初めて配信に短歌を送ってくれたキミのことを、ずっと気にかけてた。もちろんコメントや投稿作は全部読んでるけど、同じ高校の後輩だって知ってしまった時点で、どうしてもキミは特別だった。特別な、一番最初のリスナーさん。配信中にみんなの反応を探ってるときも、キミのコメントをこっそり探してたわ」

「そうだったんですか。気が、あいますね」

「本当に、気があいすぎて怖いくらいね」

　震える声で手毬が言い、視線をじっとグラウンドの方に向けている。それはお互いに配信を通して相手を見ていたということであり、二人の言葉に嘘や偽りは一切なかった。ただ少しだけ、足りないものがあるだけだ。

　そのとき不意に反対側の客席から歓声が聞こえて、サンタも視線を前方に移した。

　すると高く弾んだゴロが一塁手の頭の上を越えていき、ライトが慌ててカバーに走っているのが目に入る。ヒットを打たれたようで、ランナーは二塁と三塁にまで進塁した。ワンヒットで逆転もありうるという緊迫した場面だ。

　投球練習場では先輩のエースピッチャーが肩を作りはじめていたが、監督は落ち着いた様子でグラウンドを眺めていた。明らかに小糸は試されていて、このピンチは今後を占う重大な試金石だった。これからチームを引っ張っていくエースになろうという投手ならば、この程度のピンチはこれから何度だって経験することになる。切り抜けなければならない。

マウンド付近に集まっていた野手が散っていき、守備のタイムが終わった。ボールを受け取った小糸が、定位置に戻っていくキャッチャーの背中を不安げに見つめているように思えて、サンタはその瞬間無意識に立ち上がっていた。

「小糸おおおおおおおおおおお‼」

気づいたらそんな絶叫が口をついていた。

きつく握りしめた拳《こぶし》をマウンドに向けて掲げ、大事な仲間の名前を呼んだ。小糸が驚いたように一瞬こっちを見て、それからわずかに笑ったようにも見えた。

キャッチャーのサインに頷《うなず》き、投球動作に入る。昔より洗練された小糸の投球フォームに、無性に切ない気持ちが込み上げてくる。

だがそんな感傷もつかの間。次の瞬間にサンタが目にしたのは、ホームに向けて突如走り出したサードランナーだった。

「スクイズだ‼」

観客の誰かが叫び、転がった打球に小糸がグラブを伸ばした。

快足を飛ばしてランナーがその脇《わき》を駆け抜けていく。

小糸のグラブトスがキャッチャーミットに収まり、スライディングしたランナーと交錯する。わずかな砂ぼこり。

ユニフォームを真っ黒に汚した相手の選手。

ようやく手毬が生で目にしたクロスプレー。

審判の腕が真上に持ち上げられたことまで含めて、まるであの夏の日の再放送のようだった。

「アウトオオ！」

「おおおおおおおおおおおおおおおおお!!」

「ああ～……」

高らかに宣言された審判のコールに、両軍のベンチからそれぞれ大きな声が漏《も》れた。キャッチャーミットはたしかに手がベースに触れるより先にランナーに触れていて、相手の選手は一度だけ地面を叩《たた》いて悔しがっていた。しかし主将である捕手はそれには見向きもせず、中腰の状態から矢のような球をファーストに送っていた。先の塁を狙《ねら》おうとセカンド側にオーバーランしていたランナーが、びくりと反応するが既に遅い。慌てて手で戻ったところにタッチして、またしてもアウトのコールがグラウンドにこだまする。ダブルプレー。スリーアウトだ。

こちら側のベンチが大盛り上がりする中、小糸が拳を突き出しながら、サンタの方を見つめていた。それを受け止めて、サンタは気が抜けたように席に着いた。

一瞬の出来事の中。

　今の瞬間だけはすべてを忘れて叫んでいたことに、手毬の視線で気がついた。少しだけ恥ずかしくて、照れ笑いを浮かべる。彼女は興味津々といった顔をしながらも、どこか悲しそうな声で口を開いた。

「助かったわね。これで勝てるかしら」

「そうっすね。小糸は今のピンチをしのいだんで、残りの回はエースが引き継いでくれるはずです。ほぼ勝ち確だと思います」

「……ねえ、もしもっとランナーの足が速かったら、トスした球が高かったら。そういうちょっとした〝もし〟があれば、結果は変わってたのかしら」

「それはそうですね」

　しみじみと呟く手毬に同意し、だがそれが起こらなかった、あるいは起こさなかったことに意味があるのだと言おうとする。しかしそれを言葉にすることはできなくて、気づいたら手毬の方が口を開いていた。

「……あのね。前にも言ったと思うけれど、あたしは短歌が好きよ」

「よく知ってます」

「雛歌仙《ひなかせん》ちゃんが、昔のあたしに勇気をくれた。言葉や人と向き合っていこうって思うきっかけをくれた。だからいつかそれを別の人にも伝えたくて配信をはじめた。それは本当。でもそれだけじゃない。……今こうやって過去を振り返ることができるのは、キミがあのとき投稿してくれたからなのよ」

「え？」

「本当のことを言うと、初配信のときのあたし、折れる寸前だったの。こんなバカなことしなきゃよかったって、やっぱりあたしなんかには無理だったんだって、本当の本当にそれだけで頭がいっぱいだった。きっとあと少しで泣いてしまっていたし、諦《あきら》めて配信を閉じるところだった。そうしたら昔のあたしに逆戻りして、殻に閉じこもってたかもしれない」

「絶対そんなことないです。先輩はいつだってしっかりしてて、明るくて、頭もよくて……」

「そうね。キミから見たあたしは、きっとそういう人なんだと思う。でもそんなあたしを生かしてくれたのはやっぱりキミなのよ。キミは間に合った。間一髪で、詩歌マリアっていう配信者を、ひいては月島《つきしま》手毬を救った。ちょうど今見た光景とは逆に、滑りこんでセーフだった」

「先輩を救えてたなら、俺もうれしいです」

「ふふ。あっさり言ってくれるけど、キミは全然わかってないのよ。あたしが抱えてる気持ちの大きさ。だってキミは望むなら、ほんの少しそれらしいことを囁《ささや》くだけで、あたしを自分のものにだってできる。それくらい、キミはあたしにとって大きな大きな、本当に大きな存在。大切で、何されたって許しちゃうくらい、宝物みたいな人」

「それを言ったら、先輩こそわかってないんすよ。俺にとっての先輩が、どれだけ大きかったか。まぶしかったか」

怪我《けが》をして、すべてを諦めて。死人と大差ないような夏休みを過ごした先で出会った大切な上級生。

当時のサンタにとって野球以外でのつながりがどれほど大切で、支えになっていたかなんて言うまでもない。サンタにとって手毬とはいわば二人目の師匠であり、今いるサンタもまた、手毬なしには存在しえなかったのだ。

「ふふっ、やっぱり気が合うわね」

「そう、ですね」

それでもお互いに好きという二文字を届けないのは、もう全部わかっているからだった。

憧《あこが》れているけれど、大好きだけれど、追いかけていたのは配信者である詩歌マリアの影。感謝しているけれど、大好きだけれど、見つめていたのは投稿者第一号のリスナーさん。

サンタも手毬も、少なからず仮初《かりそ》めの相手を想《おも》っていた。たとえそれが限りなくリアルの本人と重なるとしても、完全には一致しえない絶望的な壁がそこにはある。胸中にあるのは、何度かともに歩いたバス停までの帰り道。それがもっと早くからはじまっていたら。あるいはもっと長く育んでいける時間があったら、結末は変わっていたかもしれない。だがそれもやはり、さっきのクロスプレーと同じ。起こらなかったという事実にしか意味がないのだ。

手毬が目に涙を浮かべているのを、サンタは気づかないふりをした。今さらそれを拭う資格があるはずもなかったし、気を抜けば自分も泣いてしまいそうだった。

些細《ささい》なすれ違いとタイミングの差で結実はしなかったのは事実。

だがそれでも、隣にいる人に向ける感情がなんなのかと問われれば、恋だったとしか言いようがないのだから。

「ところで、こんなときでなんだけどキミにお願いがあるの」

「……なんですか」

「絶対に、あの子を助けてあげて。キミはあたしのことを眩しいって言ったけど、あたしにとってのそういう人は雛歌仙ちゃんなの。あの人の短歌に救われた。あの人はあたしにとっての光だった。だから救ってあげてほしい。何も創れないままになんてしないでほしい」

今それを口にすることで、手毬がどれだけ傷ついているかはサンタにもわかった。胸が痛むし、目頭が熱くなるのが自分でもわかった。それでも手毬は言ったのだ。二人のことに結論が出た直後、ほとんど間髪入れずに口にしたのだ。はじめからそれを言うのも想定して、今日ここにきているに違いなかった。だから今さらサンタだけ立ち止まるなんて通るわけがない。つらくても、自信がなくても、手毬の強さを台無しにするわけにはいかない。

「どうせあれから彼女とは話せてないんでしょ？　なら直接行っておいでよ。キミにとっての九回裏のクロスプレー、あたしはまだ間に合うと思ってるわ」

「先輩……」

「キミに教えてもらったわ。泥だらけのユニフォームが格好いいってこと」

「はい」

「対戦相手は涼風顕広《すずかぜあきひろ》とその孫っていう天才たち。怖いわよね。足だって震えちゃうかもしれない。だけど、みっともないって笑われたっていいじゃない。汚れたって、下手くそだって、恥じる必要なんてないわ。だってどんなに稚拙でも、伝えることを諦めるよりはよっぽど立派だって思うもの」

「俺も、そう思います」

「ええ。だからキミはあたしと話なんてしてないで、今すぐに行かないといけない。キミは絶対、あのころ汚せなかったユニフォームの分まで、いま泥だらけになるべきなのよ。キミがあのとき初めて作った短歌は、きっとそうすることで初めて完成する」

「は——」

それはまさに天啓のような一言で、雷のごとくサンタの心を打ち貫いた。まさかこんなところで、自分の最初の短歌に背中を押されるとは思ってもみなかった。

「わかりました。絶対、なんとかしてきます」

席を立って、一歩を踏み出す。

手毬の前を通り過ぎる視界の端で、肩が震えているのが目に入る。

立ち止まることはしない。

けれどどうしても思ってしまう。

サンタがあの日、図書館でスクイと出会わなかったら。

配信者とリスナーではなく、ただ普通に同じ学校の先輩後輩として出会っていたら。

そうしたら、二人はきっと――

だがそれは、自分の心を慰める都合のいい空想に過ぎなかった。それよりもこの痛みを心の深いところに刻み付けること。それだけが、この人のために取れる唯一の行動だとサンタは思った。スクイのところに行く。それを決意した今となってはなおのことだ。

「先輩。俺からもひとつだけ頼みがあるんですけど」

「……なに、かしら」

「これからも配信には参加させてください。あと、出来ればこのあと配信してください。そんで、俺の投稿を拾ってほしいんです。つらいかもしれませんけど、酷いことお願いしてますけど、俺も絶対にあいつを助けたいから」

「あら……。何か急に俗っぽくなってきたわね。憧れの配信者に投稿を拾ってほしいなんて」

「俺なんて元からそんな大した人間じゃないっすよ。でもお願いします。歌はここにくる前に、投稿フォームに投げてあるんで」

「まったく、世話が焼ける後輩ね」

いつかの猫の真似をして、手毬はしょうがないにゃあと茶化して言った。

本当は泣いているのはわかっていたが、サンタは礼を言ってそのまま出口へと歩いていった。

耳に届く小さな嗚咽《おえつ》を聞こえない振りするのは骨が折れたが、立ち止まることはしなかった。

3

球場が辺鄙な場所にあるせいもあって、涼風邸に到着するのに三時間もかかった。

普通なら夕食を囲んでいる時間帯の住宅街に、人の影はほとんどない。だが一際《ひときわ》大きなお屋敷の、一際立派な門の前。いつかさんざんからかわれた記憶も新しいその場所で、その人は彫像のようにじっと立っていた。

駅から走ってきたサンタが目の前に着いても、冷めた目をしたまま微動だにしない。それは肩で息をするサンタの回復を待っているのではなく、単に不満の現《あらわ》れで間違いなかった。

「知ってますか？　私あの日からずっと、暇さえあればここで立ってたんですよ」

「それは……俺を待ってたってことですか？」

「そういうとぼけた態度もダメダメです！　他に誰がいるっていうんですか！」

目の前の綺麗《きれい》なお姉さん――詩織《しおり》は、どうやら本人なりに精一杯怖い顔をしてサンタを諭そうとしているらしい。

だが生来の美貌《びぼう》と、まだはっきりと残っているあどけなさのせいで、ただただ可愛《かわい》らしいだけというのが感想だった。それでも、彼女の言わんとするところはわかる。

「すんません。でも、もう大丈夫です」

サンタは姿勢を正し、まっすぐ詩織を見てから頭を下げた。当日中にこうすることだってできたはずなのに、あれからもう一週間も経《た》ってしまっている。ひとえに自分の至らなさが招いたことで、謝ることしかできなかった。しかし本当に謝りたい相手はもちろんこの奥にいる。

「まったくもう……仕方ないです。信じますからね」

「あざっす」

視線からサンタの本気を感じ取ってくれたのか、そこでようやく詩織が柔らかい口調に戻って苦笑いした。

背を向けて、大きな門の横にちょろっと付け足してある通用口の木戸を開ける。

「こちらに」

それからサンタを招き入れて、早足で奥の屋敷へと歩き出した。

「ちょ、詩織さん。なんでそんな慌ててるんですか?」

「それはもちろん、時間がないからです。具体的に言うと本日の顕広様は夕方頃に戻られて、いつものように書斎へと向かわれました。そしてお嬢様は、それを確認して部屋を出た」

「てことは、どういうことですか?」

「話をするつもりなのでしょう。顕広様は前々からスタンスは決まっていて、あとはお嬢様待ちという状態でしたし。そのお嬢様もこの一週間ほど、どこかの鈍い人のせいで嫌でも自分を見つめ直すことを強いられていましたし」

「いやそれは……ちょっと言い方に棘《とげ》があるというか……なんつーか……」

「ん？」

「いえ、なんでもないっす」

反論を試みようとしたサンタだったが、彼女の圧のある笑顔にあえなく撃沈する。とはいえおかげで状況は把握できて、たしかにあまり猶予《ゆうよ》はないみたいだった。スクイとスクイの祖父は書斎とやらにいるのだろうが、一秒でも早くそこに突入しなければならないと思った。スクイはまだ、サンタの気持ちを知らない。手毬の願いも知らない。何も知らないまま、未来を決めてもらいたくなんてない。

けれどその意味では、サンタ自身もまた、スクイの祖父の考えをきちんと知っているわけではないのだとそこで気がついた。

「ところで詩織さん。今さらですけど、どうしてスクイの祖父さんは雛歌仙の名前を捨てろなんて言ったんですか？」

本宅にあがり、乱暴に靴を脱ぐ。用意されたスリッパを履《は》く時間さえ惜しんで廊下を進みながら、先をいく詩織に聞いてみる。すると詩織は一瞬立ち止まり、困ったような表情を浮かべてサンタに応《こた》えた。

「あのですね、大谷さん。顕広様は別に、お嬢様に嫌がらせをしているわけではないんですよ。

むしろ心配しているからこそ、お嬢様に進路の変更を命じた訳でして」

「でもそんなのが本当にあいつの為になるんですか？」

「もっとうちの家族を信じてあげてください。顕広様は苦労の絶えなかった昭和の時代からたゆまぬ努力を続け、自らの身ひとつで頭角を現してこられた方です。今じゃ巷で涼風派と言われるほど、多くのフォロワーを抱えている当世きっての歌人です。早くに娘を、すなわちお嬢様のお母さまを亡くされたとき以外は、いつだって精力的に活動してきました。自分を支え、生かしてくれた短歌に恩返しをしようと、その身を捧げてきたと言っても過言じゃありません。だからこそ、お嬢様もその生き方に憧れ、孫であることに誇りを持っているのです」

「だから、それならどうして、短歌をやめろだなんて話になるんですか」

「それも尊敬しているからこそなんです。つまりお嬢様は、ちょっと熱心に顕広様の足跡を学びすぎたんです。そして困ったことに、その才能も受け継いでしまっていた。だからあるとき顕広様が気がついて、私に言いました。スクイは自分の言葉を見失っていないだろうかって」

「自分の言葉？」

「そうです。お嬢様は昔から、人と話すのが苦手な子でした。いつだって胸の内にたくさんの気持ちが溢《あふ》れすぎていて、なかなかそれを言葉にできない人でした。そんなお嬢様にとって、顕広様の洗練された言葉遣いはあまりにも魅力的だったのです。だからいつからかお嬢様の作る作品は、視点も技法も感じ方も、顕広様とそっくりになっていました。そこで顕広様は言ったのです。創作の道に進むのであれば、儂なんて捨てよと。歌仙の孫、つまり雛歌仙を捨てて、自由な言葉で歌を作れと。でないときっといつかつらいことになると慮《おもんばか》ってのことでした」

「え、それじゃいい人じゃん」

「ですが事はそう単純ではないのです。だって前にも言ったとおり、お嬢様にとって顕広様は、ずっと憧れてきた祖父であり大切な師匠です。たとえ短歌の中での話だろうと、技術的にも心情的に簡単に切り離したりなんてできません。それに涼風派と言われる大勢の人たちからも、幼少期からずっとその歌風を受け継いでいくことを望まれてきたのですから」

「そんなの――」

大したことじゃないと言おうとしたが、サンタはその先を続けることはできなかった。

真っ先に頭に浮かんだのは、雛歌仙の大ファンだという手毬のキラキラした表情。

それに子供が何かに真剣に取り組むとき、周りの助けがなければ続けられないという事例も、野球をやっているときに嫌というほど見てきたことだった。お世話になっている周囲からの期待というのが、ときに自分たちを雁字搦《がんじがら》めにするということだって知っていた。

もう辞めたいのに辞められない奴《やつ》だっていた。

本当はサッカーに興味があったのに、野球の道に進まされた奴もいた。

子をハードな練習に継続的に参加させるため、時間と身銭を削って助けてくれる父母なんて全員がそうだった。

全部身近で見てきたことで、それは世界は違っても似たような図式はどこにだってあるに違いなかった。そして性根が優しい奴ほど、それに縛られて身動きが取れなくなっていくのだ。

「顕広様はご自身が亡くなられた後のことを気にして、結論を急いでいました。いつかたった一人の孫を残して逝くことを気に病んで、やれることは極力やっておこうとされていました。だから私は、どうにかお二人が納得する解決策を見つけてほしいんです。わかりますか、大谷さん。私はとにかくお嬢様に幸せになってほしいんです。信じてもいいですか？　私にはできないものを、あの子に与えてくれますか？」

サンタはそれには答えなかった。

答えない代わりに、目の前に現れた扉を無言で開け放った。

その行動が答えだと受け取ったのか、詩織が廊下の奥を指し示す。突き当たりの部屋が、目指していた書斎で間違いなかった。

「ダメだ。何度言ったらわかるんだ」

それを裏付けるかのように、太く、威厳のある声がその部屋から響いてくる。

「ですけど、スクイは短歌をこれからも作っていきたいのです！　雛歌仙なんて名前はどうでもいいですが、お爺ちゃんの短歌は捨てたくない！　ちゃんと継承して、お爺ちゃんの名前を遺していく！　それの何がいけないのですか？」

「そんなこともわからないのなら、なおさら認められるわけがないではないか」

走って近づいた扉の向こうからは、言い争う二人の声が聞こえてきていた。詩織が推測したとおり、スクイは現状維持を望んでいて、祖父はそれを良しとしていないようだった。

どうするか。

いくら詩織に黙認されているとはいえ、会ったこともない有名人の部屋。言ってしまえば不審者に限りなく近いし、サンタは勝手に開けていいものか一瞬悩んだ。だがそこで、今にも泣き出しそうなスクイの声が聞こえた。心の中で何かが爆発《ばくはつ》する。行け、と自分の声がして、無意識にドアノブを摑《つか》んでいた。後ろにいる詩織も、止めたりはしなかった。

ぐっとノブを捻り、サンタは持てる力の全《すべ》てをその重たい扉にぶつけた。

だが扉はゴッという鈍い音を立て、わずか数ミリ動いたところで静止していた。

「――ちっ」

「あらあら」

思わずサンタが舌打ちし、背後で詩織が困ってみせたとおり、部屋には鍵《かぎ》がかかっていた。

しかしそんなことで諦めるくらいなら、はじめからここまで乗り込んできていない。

「誰だ?」

こちら側の気配を不審に思ったのだろう。足を竦《すく》ませるほど低く渋い顕広の声が、扉の向こうからサンタを咎《とが》めるように響く。取り繕うかのように、詩織が隣に並んで返事をしてくれた。

「……藤原《ふじわら》です。お取込み中にすみませんが、お嬢様のご友人をお連れしました」

「友人？　誰ですか、詩織」

「誰であろうと今は取り込み中だ。応接間で待っていてもらえ」

「かしこまりました。ですが、こちらの方はご納得されていないようで――」

「当たり前じゃないですか！　スクイ！　開けてくれ‼」

「先輩⁉　なんで――」

ありとあらゆる説明を端折って、サンタはスクイの名を呼んだ。だが扉の向こうで睨《にら》まれでもしたのか、あるいは前回の別れ際のことが頭をよぎったのか、それ以上スクイがサンタに話しかけることはなかった。

代わりに、怒気をはらんだ口調で顕広が言う。

「藤原。大方またお前が手を回しているんだろうが、それなら余計にこの扉は開けられぬぞ」

「あら、手を回してるだなんて失礼ですね。家族みんなが幸せになるための策略なら、思う存分やりなさい。藤原は涼風家のお手伝いとして、亡き茜音《あかね》様から言付かった最期の言葉に従っているまでです」

「お母さんの……？」

「もうよい。何を言おうと結論は変わらぬ」

「こっちの台詞《せりふ》です。顕広様がそこまで強情だっていうなら、私にも考えがありますからね。

お屋敷のすべてを掌握するこの藤原詩織のおそろしさ、とくと――て、っとと」

「ふん、バカめが」

相変わらず、詩織の言動はサンタにはさっぱり読めない。だがこの家の主人はあくまで顕広であるのは間違いなくて、その時点でもう決着はついていた。というのも詩織が悪役そのままの台詞を言い終わるよりも先に、この家の使用人と思《おぼ》しき数名の人物が、書斎前に続々と集まって来ていたからだ。具体的な内訳としては、男性一人と女性二人。男性の方はサンタの親くらいの年齢に見えるから、本気で暴《あば》れればぎりぎり勝ち目はあるかもしれなかった。だが、そんなことをしにきた訳じゃないのはサンタだって理解している。こんなところで暴れたって、詩織とスクイの立場がどんどん悪くなるだけだからだ。

「お、覚えててくださいよ～!!」

端から戦意なんてなかったサンタの手を引いて、詩織は小悪党のような捨て台詞を吐いた。

それから「こっちです」とサンタにだけ聞こえるように言って、そそくさと書斎前から退散した。去り際に振り返ってみると、呼び出された使用人たちは部屋とフロアの入り口を見張るように再配置されていて、もうあそこに近づくことは出来なくなっていた。

「こうなったら仕方ありません」

しかし詩織はなぜか余裕綽々《よゆうしゃくしゃく》で、いつものあの悪い顔をしていた。

「その感じだと、何か手がありそうですね」

「はい。仕方ないので、大谷さんは私に乗り換えませんか？　自分で言うのもなんですが、私めちゃくちゃ可愛いですし、一緒にいて楽しいタイプですよ」

「それ楽しいのは詩織さんだけってパターンですよね。めちゃくちゃ俺がいじられるとこしか想像できないんですけど」

「あらら、フラれてしまいました。では次の案を聞いてもらいたいんですけど、詳しくはここで話をしましょう。向こうが閉じこもるなら、こっちだって閉じこもってやるのです！」

「はあ」

そういって案内されたのは、どうやら彼女の私室のようだった。意外にもぬいぐるみやパステルカラーの小物がならんでいる、おおむね女の子らしい部屋だった。やたら大きいクローゼットは、おそらく彼女が大学生も兼ねているからこそ。こうしてお手伝いさんとして地味めな服装をしていると忘れそうになるが、服やアクセサリーだっていろいろと要りように違いない。

「そっちのクローゼットには下着は入ってないですよ」

「思ってないですからね、そんなこと」

「でも大谷さん、私のファッションセンスわりと好きじゃないですか？　脱がせることを想像してドキドキしたりしません？」

「しません！」

こんなときでもからかってくる彼女の台詞を、強めの語調で否定する。詩織とのやりとりは嫌いじゃなかったが、今はそれどころじゃなかった。大切なのはまだあの書斎にいるであろうスクイに、どうやって考え直してもらうか。自分の気持ちを伝えるか。ただそれだけだ。

「もう、せっかちさんですねえ。大丈夫ですよ、おしゃべりをしながらでもちゃんと手は動かしてますから――よし。これで準備完了、と」

とはいえ詩織だって、もちろんそんなことはわかっている。なんなら今までの軽口は、彼女なりにサンタを落ち着かせるためのものだったのかもしれない。その証拠に部屋に入るなり腰かけた謎《なぞ》の電子機器類の前で、詩織はうれしそうににたりと笑った。さっき捨て台詞を吐いたときのような、例のあの悪い顔だ。

「あ、ぽちっとな」

「何をしてるんですか？」

「はい。スピーカーをジャックしています」

「は？」

あまりにも無邪気でにこにことした表情に、思わず真顔で訊き返してしまう。

「ですから、この屋敷にあるスピーカーの大半をジャックします。何を隠そうこのお屋敷のほとんどは、この藤原詩織が掌握しています。秘密裏に馴染みの電設業者の協力を取り付け、こっそり構築しておいた秘密兵器三号！　この中央集権音響システムが火を噴くときです！」

「え、学校の放送室みたいなもんってこと？　こっわ……」

「まあそこまで大掛かりなものではないですけど、お屋敷の中を秘密の同軸ケーブルがいくつも走ってて、ペアリング済みの中継機器がたくさん隠してあるのは確かですね～」

「なんでそんな訳のわからないものを……」

「訳ならちゃんとありますとも！　たとえばこの音響システムですが、本当はお嬢様が悪いことをしたときとかに使うつもりでいたんですよね。引きこもって部屋から出てこないときとかがあったら、音をあげて出てくるまでエンドレスで二十四時間石焼きいもの歌でも流してやろうかなって。まさか顕広様に使うことになるとは思ってもみませんでした」

「あっ、はい」

絶対に、詩織のホームグラウンドでこの人を敵に回したらいけない。サンタはそう身震いして、思わず背筋を伸ばした。

だがそれはそれとして、屋敷のスピーカーを強制的に乗っとるというのは有効な手だった。それなら離れていようとこちらの声は強制的に届くし、鍵を閉めているからこの部屋の扉を破られるまでやめさせられることもない。一方通行であることがネックだが、何もできないよりは遥かにマシだ。

「さて。こちらの準備はばっちりです。大谷さんは、これを使って何をやりたいですか。ちなみにお嬢様も顕広様もこの手のシステムには弱いので、絶対に止められません。何が起こってるかもわからないはずです」

「どこまで聞こえるんですか？　屋敷中全部？」

「さすがにそれはないですね〜。というか音楽を聴いたりするとき用に、スピーカーを置いてるお部屋のみです。具体的にはお嬢様や顕広様のお部屋と、あとは数人の使用人の部屋。それから玄関のインターホンくらいでしょうか。ですが心配しなくても大丈夫ですよ。あの二人は書斎から出ていきません。比喩ではなく、物理的に耳をふさいだりもしないはずです」

「なんで言い切れるんですか？」

「簡単です。結局ここにいる人たちはみんな。大谷さんもお嬢様も顕広様も、誰かの声を聞くという行為から本気で逃げることはできないんですよ」

「え？」

「あれ、そんなに変なことは言ってないはずなんですけどね。だって、詩や文章を使ってまで誰かと気持ちを伝えあいたいと願っている人が、想いがめちゃくちゃ込められた言葉に耳をふさげるわけがないじゃないですか。そのやり取りに命かけてる人たちなんですよ。そのコミュニケーションに本気の人たちなんですよ。自己矛盾もいいところです」

「……なるほど」

言っていることは少し難しかったが、理屈よりも感覚で腑《ふ》に落ちるものがあった。それは自分自身、詩織の言う本気の人たちに含まれているからかもしれなかった。

だけどもし今ここで、誰かが真剣に自分に語り掛ける言葉が聞こえてきたとしたら。たしかにサンタには、それに耳をふさぐことなんてできないだろう。詩織の言っていることは正しくて、だからこそサンタは迷いなく自分のスマホを取り出した。

開いたのは「詩歌マリアの短歌ちゃんねる」。

すかさず詩織がBLUETOOTHと連動させて、オンエアをそのまま進めてくれる。配信はもう三十分も前から始まっていて、マリアは珍しく歌を歌っていた。

「あっ、この声。もしかしてこの前植物園でお会いした――」

「そうです。彼女にも協力してもらいます」

詩織は歌声ですぐに配信者の正体に気づき、興味津々にスマホの中を覗き込んでいた。そうこうするうちに歌が終わり、サンタは称賛の言葉をチャット欄に書き込んだ。意外とカラオケにも需要があるのか、コメントはいつもよりも盛り上がっていた。

だがそんなことくらいで、マリアがサンタの来訪を見逃すことはきっとない。

「ふう……みんな拍手ありがとう。配信で歌うなんて初めてだから緊張したけど、盛り上がってくれてすごくうれしいわ」

マリアがそこで、リスナーとの会話モードに切り替える。

『最高だった』

『歌上手《うま》いし本当に多才ですね』

『定期化してほしい』

「ほんとにありがとね。好評みたいならまた気が向いたときに歌うかもしれない。だけど忘れちゃだめよ。詩歌マリアは、あくまで短歌の配信者。歌やゲームは、ちょっとした息抜きみたいな位置づけなんだから」

『はーい』

『息抜き了解』

『短歌の方もずっと応援してます』

「ありがとう。それじゃちょっと名残惜しいけど、今日の歌はここまで。ここからはいつもの短歌パートをやっていこうと思うわ。みんな、この前の配信で言ったお題は覚えてるかしら。そう、今回は恋バナ。恋愛をテーマにした短歌。満を持してって感じよね」

　この配信があの書斎にも流れていると思うと、サンタはなんだか少しだけ愉快な気分だった。詩織もそう思っているのか、さっきからずっと楽しそうにしていた。マリアの進行はもはや手慣れたもので、思ったよりたくさんの投稿が集まったから、二回に分けて紹介するという内容をスムーズに説明し終えていた。

「それじゃ行くわね。まず一つ目。うん……これ、すっごくガチなやつだね。詞書《ことばがき》――前書きみたいなもののことなんだけど、そこに書いてある。好きな子に、この配信のリンクを送ってます、だって」

そう言ってマリアがくすくすと笑う。

公開告白だと、コメント欄が俄然《がぜん》盛り上がる。

一息入れて、短歌が画面に映る。

落ち着いた声色で、感情がこもりすぎないように十分気をつけているといったふうで、マリアが丁寧にそれを読み上げた。


強がりも弱みも君には打ち明けた　好きの二文字以外は全部

ふ、と小さくため息をついてから、「この人、とっても上手《うま》くなったね」とマリアは言った。

投稿者の名前を覚えているリスナーは多くはなかったが、中には野球の短歌を送った人だと気づいた人もいるようだった。『本人さっきいたじゃん！』というコメントが流れて、またリスナーが一際騒《ひときわ》がしくなった。

「あ、気づいた人もいるみたいね。そう。この投稿者の人、一番初めに野球の歌を投稿してくれた人なのよ。だけど詞書に書いてあるのが本当なら、送られた子もこの配信を聞いてるのかしら。いや、というかあたしにはわかる。その子は絶対に聞いてる。聞いてて、どうしたらいいかわかんなくなってるに違いないわ！」

『草』

『でもたしかに聞いてそう』

『仲いい子から配信のリンクとか送られてきたらとりあえず開くもんな』

マリアが少しふざけながらも核心をついて、リスナーも段々その気になってきたようだった。

「ねえみんな。せっかくの公開告白なんだから、答えとか——聞いちゃいたいよね⁉」

そしてそんな空気をマリアが見逃すはずもなく、的確に煽る。

いつだって、どんな層にだって、恋愛の話はだいたいウケる。

その例に漏れず、マリアの配信のコメント欄もかつてないほどの速さで流れていた。カラオケにつられてきた新規の人ですら、思わぬ展開に『聞きたい！』とリアクションを取っている。

そしてこのやり取りの一部始終を、あの書斎でスクイも聞いているのだ。反応するコメントはマリアが読み上げているから、文脈だって伝わっている。

したがってサンタもマリアもリスナーたちも、すべての参加者はただスクイの反応だけを待っていた。おそらく信じられないといった顔で慌てふためいているであろうスクイが、チャット欄に来てくれるのを待っていた。まさか全世界に公開のオープンチャンネルで告白されるとは思っていなかった、サプライズの渦中にある女の子の登場を。

『男ですけど、俺なら全然ＯＫです。付き合ってください』

『幸せにします。俺も男です』

「こ～ら。みんなは告白されてないでしょ。リスナーさんの名前は大体覚えてるんだからね」

しかし全然その子が来る気配のないまま、そのまま数分が経過していった。コメントとマリアが上手く場をつないで、配信の空気はなんとか保たれていた。

居ても立っても居られず、サンタは立ち上がろうとした。詩織がとんとんと二度肩に触れて、指を弾くようにスタンドマイクの場所を示した。スイッチを押す。小さな電源のランプが点灯し、ぼわんという微《かす》かな反響音が響いた。

その前に立って大きく息を吸い込んで。

「スクイ！　びっくりしてるかもしれないけど、そのまま聞いてくれ――！」

それから同じ敷地内の別の場所にいるその人に向けて、サンタは思いの丈を吐き出した。

ずっと胸の中にわだかまっていた。

ずっと長いあいだ、悩みに悩んできた。

その果てにようやく見つけた答えを、誰よりも聞いてもらいたい人に向けてサンタは叫んだ。

「いきなり自分の話で悪いんだけど、俺は……俺は野球を辞めないことにしたよ。スクイがこれからどうするのかは知らないけど、俺は辞めない」

それこそが悩みぬいた末にようやく見つけた答えで、今のスクイに一番に聞いてもらいたいことだった。自分はここからもう一度立ち上がるんだと、他ならぬスクイたちのおかげでそう思えるようになったんだと、そういう想いを込めての告白だった。

「全部一からだけど、リハビリやって、走り込みも筋トレも全部頑張って、やれること全部やる。部に迷惑はかけられないから、自主練と地域の野球サークルとかになるけど、できるところでやっていく。何年かかるかもわかんないし、どこまで戻せるのかもわからない。だけど小糸や手毬さん、それからスクイが今もつらいことに必死に立ち向かってるみたいに、俺もそうしたいってやっと思えるようになったんだ。だからさ、スクイ――」

サンタはそこで一呼吸おいて、それから残酷な台詞を吐く決意を固めた。まだ迷う気持ちは残っていたが、スクイのことを想った瞬間にそれは嘘のように消えてなくなっていた。

再び開いた口に、もうためらいはない。

「だからさスクイ――お前の祖父さんの言うとおり、一回全部捨てよう。野球を失くした俺みたいに、スクイがつらい思いをするのはわかってるけど、それでも捨てよう。その代わり俺がずっと、スクイの少しだけ前を歩くから。だから一緒に、全部失くしたとこからやり直そう」

こんな語り、向こうでスクイが聞いていなかったら本当に馬鹿《ばか》みたいだ。だが不思議とサンタには、あの書斎で顔をあげてくれたスクイの姿が見えるような気がしていた。すぐ隣に身を寄せた詩織が、それを肯定するかのように頷いてくれる。であれば、あとはもうスクイの心に響くまで、正直に言葉を重ねるだけだった。

「最初は落ち込んでたんだ。もう自分には何もないと思って、やけになってた。だけど夏休みの終わりに、偶然スクイに会った。短歌っていうのをはじめて、少しずつ自分のことをわかっていった。勉強するものを探してる途中で手毬さんの配信も知ったし、投稿活動だってはじめた。何かを心から悔しいと思えるのは、それに真剣に打ち込んでいたからだって。積み重ねてきたものがちゃんと俺の中にもあるんだって、スクイも手毬さんも認めてくれた。俺は俺の中に何もなくなんてないって、二人に教えてもらったんだ。だから俺は短歌を続けてこられた。だけど――！」

そこで一度言葉を区切り、頭を整理する。溢れだす気持ちが止まらなくて、少しでも気を抜くとまともな文章になってくれないような恐ろしささえあった。とにかく叫びたいほどの衝動をどうにか抑えつけながら、サンタは再びマイクに向かった。

「だけどそんなの関係なく、スクイに短歌を見てもらうのは楽しかった。その日の短歌をかたちにすることばっかり頭にあったから、変に格好つけたり取り繕おうとしたりもしなかった。情けないことも言ったし、みっともないところも見せたし、喧嘩《けんか》みたいになったこともあった。全部見せたのはスクイだけで、スクイはそんな俺の相手をずっとしてくれてた。だからお前がグループからいなくなって、他の友達と同じような場所に並んでるときに気づいたんだ。俺にとって、スクイの名前があるべきはそこじゃない。もっと特別なところにあるんだって」

たった今吐き出したように、スクイはずっとサンタの一番近くにいてくれた少女だった。それにどれだけ救われて、どれだけ癒《いや》されてきたかなんて想像もつかない。

だから今度は、サンタがスクイを助ける番だった。

スクイがどんな決断をするのだとしても、同じように寄り添うべきときだった。もし世の中的にスクイが特別じゃなくなったとしても、サンタにとってスクイは永遠に特別な人だった。

今こそそれを伝えるべき瞬間なのだ。

「スクイ、俺はお前のことが――」

「嘘、これって――！」

しかし喉元《のどもと》まで出ていた大切な言葉は、ぎりぎりのところで中断された。

不意にスマホから聞こえてきたマリアの声。その抑えきれない興奮に、一瞬で持っていかれたからだ。

「来た！　ほんとに来てくれた！　本物なの？　えっと……ぴよぴよさん？」

『はい。何度もすみませんが、さっきの短歌はたぶんわたし宛てです。あれの投稿者だという方に、この配信を見ろと言われているので』

『うおおおおおおおおおお』

『きたあああああああああああ』

「ありがとう！　ようこそ！　まさか本当に応えてくれるなんて思ってなかったわ！」

にわかに色めき立つマリアとリスナーに囲まれて、ぴよぴよと名乗った人物はとても居心地悪そうにコメントを打っていた。そんなに早くアカウントなんて作れませんしと、いつもの口調で言い訳のようなことを言っていた。

だがリスナーの一人が、

『流れはええよ。ちょっと止まれって』

そんなコメントを投げて流れが変わる。落ち着こうという声かけが数回あって、それから
チャット欄は水を打ったように静まり返った。

全員が固唾を飲んでスクイの返事を待つ中。

おいしいと笑う貴方が大キライ
初めてつくった生焼けの菓子

何も言わず、スクイがその短歌だけを投下した。

盛り上がるリスナーと困惑するリスナーが混在するチャット欄を横目に、マリアが慌てて配信画面にテキストで起こす。

短歌での告白に対する返事は、やはり短歌でということなのだろうか。スクイが書いて寄越したのは、初めてサンタが家に遊びに行ったときの思い出だった。

それを見て、思わず泣いてしまいそうになる。

なぜならそれは、ずっと悩んで苦しんでいた短歌を作れなくなってしまっていた女の子が、ようやく壁を乗り越えることができたという証の歌だったからだ。

バイバイにまたなと返す女々しさに
　恋をしている自分を見つける

スクイの言葉に勇気をもらって、サンタも二人の思い出の中から、印象深い場面を切り取ってチャットに流した。

いつかの歌会での会話の終わり際にこう言われ、何気なく返事をしたときの歌だった。
後日歌会のログを読み返していて気がついた、本当の自分の気持ちだった。
すぐにまたスクイから返ってくる。

二十二時　夜毎《よごと》に届く三十一文字《みそひともじ》
　七十日《ななそか》あまりつづく寝不足

サンタも負けじと返す。

人影の無い月の夜の通知音
一人の月見も独りではなし

それから少しだけ時間が空いて、スクイがこれで最後ですとチャットで言った。

君がいる　分厚い雲の向こうには
月がいつでも空にあるように

ここまできたら、告白の返事がどうかなんて誰《だれ》の目にも明らかだった。スクイは人前だからと精一杯虚勢を張りながら、その実どれだけ毎日サンタのことを想《おも》っていたかをずっと訴えていた。平安時代のようなやりとりが、令和の技術にのって広がっていた。それはたとえ何千年経《た》とうとも、人が本当に求めるものは変わらないからに違いなかった。

コメント欄は大盛り上がりで、マリアはリスナーを落ち着かせるのに汲々《きゅうきゅう》としている。しかしその声は明るくて、スクイの復活を誰よりも喜んでいるのがサンタにはわかった。

「大谷さん。どうぞ、行ってください」

気がつくと、詩織《しおり》が自分から扉を開けてサンタの名前を呼んでいた。

「詩織さん。行くって、でも……」

「いいえ。顕広《あきひろ》様が今のやりとりを聞いてまだ邪魔をするような人なら、私はとっくにこの家で働くことをやめています」

そう断言されてサンタは立ち上がった。

珍しく真面目《まじめ》な顔をした詩織が、横に並んだサンタの背中をすぱーんと叩《たた》いた。

それを合図に部屋を出て、真っすぐに走り出す。

どこになんて言うまでもない。

「先輩、先輩っ――!!」

行き先はもう明らかだった。

声がする。大好きな人の声が、屋敷の奥から少しずつ近づいてくる。

サンタはその声のする方へ、全力で駆けていった。

ようやく本当の気持ちを直接伝えられる瞬間が、すぐそこまでやってきていた。

ねがいってほんとにある

結句

koisuru shoujo ni sasayaku ai ha, misohitomoji dake arebaii

十月二十七日

「それにしても昨日は大変でしたね」

「そうっすね」

詩織の全面協力のもと、涼風《すずかぜ》邸で大暴《あば》れした翌日のこと。

前日は時間が遅いせいもあってすぐに帰宅させられていたサンタは、あらためて話があるということで家へと招待されていた。

今思えば、なんて大それたことをしたんだろうという思いもある。自宅にいるときなどは、あれは全部夢だったんじゃないだろうかと思ったこともあった。だが先を歩く詩織の背中には、特大のフォントで印刷された〝減給三ヶ月〟という紙が貼《は》り付けられていて、いやがおうにも現実感を突きつけてくる。

ただ彼女を正面から見たときの顔。それは間違いなく心から喜んでいるときの笑顔だったから、サンタは堂々と涼風家の廊下を歩いていった。

「お待たせしました。大谷さんをお連れしました」

「うむ。入ってくれ」

案内された応接間では、既に顕広とスクイが座って待っていた。できるだけ丁寧にあいさつをし、少しだけ迷ったあとで上座にいる顕広の対面に座る。すると顕広の隣にいたスクイが立ち上がって、無言でサンタの隣に座り直す。詩織がくすくすと笑いながら、さっきまでスクイがいた顕広の隣に座る。正面の老人の眉《まゆ》がひくひくと痙攣《けいれん》していたが、サンタは極力それには気づかない振りをした。

顕広がさっそく話を切り出す。

「さて。今日あらためて来てもらったのは他でもない。昨日の話の続きをきちんとしておかねばと思ってな」

「はい」

「正直に話そう。儂《わし》は昨日の配信というものを聞かされて、年甲斐もなく感動したのだ。たとえ表現や練度が稚拙だろうと、それよりもずっと大切なものがあそこにはあった。あれでいいのだと。ずっとスクイに伝えたかったのはあれなのだと、そう確信が持てた」

「じゃあ、スクイはこれから……」

「それも昨日の夜、もう一回お爺ちゃんと話しました。それで決めたのです。スクイはもう、涼風顕広の弟子を名乗りません。スクイ自身の短歌というのを、これから探していきたいと思っています。たとえどれだけ長い時間がかかるんだとしても」

「うむ。だがそれでいいのだ。なぜならスクイはもう雛なんかではない。これからはスクイの歌をスクイの言葉で、自由に紡《つむ》いでいくための時間なのだ。儂の歌風を継承するなんて小さなことを言わず、遥かに超えて羽ばたいていってほしい。それが儂の願いだ」

「う〜ん。でも他の涼風派の皆さんは寂《さび》しがるでしょうねえ」

「構わん藤原《ふじわら》。儂の劣化コピーなど、そんなものは赤の他人が勝手にいくらでもやる。雛歌仙《ひなかせん》の代わりなどすぐに生まれてくる。だがそんなことよりも、儂はスクイに自分の目と感性を信じて自由に生きてもらいたい。表現者にとって、それに勝る幸福などありはしないのだから」

「はい。あの、お爺ちゃん……」

「なんだ」

「たぶん、その……もう大丈夫だと思います」

「そうだな。儂もそう信じている。なに、スクイはまた短歌を作れるようになったのだ。あとはまた一からコツコツと積み上げていくだけだ」

「うん！」

スクイは顕広のエールに笑顔で頷《うなず》きながら、少し身体を浮かせて居住まいを正した。その拍子に彼女の小さな手が、サンタの手の甲にそっと重なる。サンタが思わず身体をびくりと硬直させ、何かを察した顕広の眉間に深い皺が刻まれる。

「ふっふっふ〜。ふふふのふ〜」

だがそこで他の誰よりも先に動いたのは、サンタが人生で出会ってきた中で一番の危険人物――詩織だった。まるでこの状況が心から楽しいとでもいうように、綺麗《きれい》な声で歌まで口ずさんでいた。その彼女がはしゃいでくるりと一回転し、それから満面の笑みで言う。

「さてさて。それじゃだいたいめでたしめでたし～となったところで、最後の仕上げといこうじゃありませんか」

「な、なんすか突然。まだなんかありましたっけ」

「ありますとも！　さあ顕広様、言ってやってください！」

「うむ。なぜ藤原が指図してくるかはわからんが、たしかにひとつ言い残したことはあるな。主に大谷《おおたに》君に対して」

「俺《おれ》ですか？」

一体何がはじまるのか、恐々としながら顕広を見る。

すると顕広はやりすぎなくらいの笑顔を作り、サンタの肩に手を置いて口を開いた。

「昨日聞かせてもらった君の短歌。じつに素晴らしい〝友情〟の歌だった。ありがとう」

「ふえっ？」

それを聞いて、サンタの隣にいるスクイがおかしな悲鳴をあげる。だが顕広はそれには一切《いっさい》反応せず、至近からサンタの目を覗《のぞ》き込むようにしながら話を続けた。

「自慢ではないが、当世一の歌人として名を馳せてきたこの涼風顕広。しかしその立場に甘んじて、いささか驕《おご》っていた部分があったかもしれぬ。特に大谷君が見せてくれた〝友情〟というものの尊さ、素晴らしさ。それを、君には痛いほど教えてもらった」

「ちょ、ちょっとお爺ちゃん……?」

「儂は親友を亡くして以来、〝友情〟というものを甘く考えていたのかもしれない。スクイへの説得が言葉足らずになってしまったのも、周囲の手助けというものを軽んじていたからに他ならない。だが儂は改心した」

「いえ、スクイとお祖父さんのことが上手《うま》くいって、俺もうれしいです」

サンタが発したお祖父さんという単語の部分で、顕広の頬《ほお》がまたしても痙攣する。しかしそれも一瞬のこと。再び話しはじめた顕広の顔には、仏様のような笑みが貼り付けられていた。

「ありがとう。君が物わかりの良い青年で本当によかった。スクイは本当に素晴らしい〝友人〟を持った！　これからも〝友人〟としてよろしく頼む！」

「はい！　こちらこそよろしくお願いします！」

大きな声で返事をしながら、サンタが差し伸べられた手を握り返す。

「……は?」

その隣では、信じられないものを見たとばかりにスクイがサンタの方を向いていた。

「えっと。これはいったいどういうこと、でしょうか……?　お爺ちゃん……?」

「どうもこうもないだろう。大谷君は儂の手を取った。この固く結ばれた手が儂の解釈の正しさの証明ということだな」

「そんなのおかしいです。先輩の気持ちはスクイが一番わかってます！　お爺ちゃんなんかよりずっと！」

「ほう。この国で一・二を争う歌人である儂の読みが間違っていると？」

「そ、それは先輩が決めることですし！　ね、先輩はどんな気持ちで昨日の歌を詠んだんですか？　あのときの気持ちを、今ここでもう一度発表してください！」

「ここで⁉」

「はい！」

「うむ」

「あ、私も聞きたいですね～」

これ以上ないほど恥ずかしいリクエストに対して、物理的にも心情的にも退路は完全に塞《ふさ》がれていた。

一度大きく深呼吸してから、あらためて昨日のあの気持ちを思い起こしてみる。

「それは……あれだよ。す、スクイのことを大切に思ってるって、たぶんそういう感じ」

もうすでに言葉にしているものだから楽勝だろうという推測は、完全に的外れだった。あらためて衆人監視の下で言わされたその台詞《せりふ》は、今すぐ近くの出窓を全開にして叫びたいほどこそばゆかった。

だが本職の言葉のプロたちは、これでもまだ納得はしないのだ。

「いいかね大谷君。誰かのことが大切と言っても、その種類にはいろいろなものがある。儂だってスクイを大切に思っているし、藤原だってそれなりに大切にはしている。愛も忠も恕も、大まかに括ればすべて〝大切に思っている〟の範疇《はんちゅう》なのだ。そのなかでスクイに向ける思いがどれに当たるのか、君は真剣に考えたことはあるのか？」

「え、え〜っと……」

「はいはい！　それより顕広様の台詞に引っかかるんですけど？　私はこんなにも一生懸命この屋敷に尽くしているというのに、なんですかそれなりにって……！」

「詩織は少し黙っていてください。ややこしくなるので」

「お嬢様まで……！　あんまりです……！」

絶対に大してショックなど受けていない顔で、詩織がよよよと嘘泣《うそな》きをして見せる。

だがそんな小さなボケを拾ってやる余裕すら、今のサンタには存在しなかった。目の前で繰り広げられている祖父と孫のにらみ合いが、途轍《とてつ》もない迫力を持っていたからだ。

「優れた詠み手というのは、同時に優れた読み手でもある。そして短歌界の泰斗《たいと》たるこの儂が、あれは友情の歌だと読み解いたのだ。恋の歌というには男として覚悟が足らぬと。愛と呼ぶにはまだ浅すぎるものだと。大谷君も、よもやその意味がわからぬという訳ではあるまいな？」

「覚悟が、足りない……」

「先輩っ！　騙《だま》されちゃダメですっ！　絶対絶対、先輩はスクイのこと、その、えっと……」

「お、おう……」

二人からまくし立てられて、サンタにはもう何が何やらわからなくなってきていた。だがたしかに目の前に立つカリスマにこうも断言されてしまうと、サンタにも彼が正しいと思えてきてしまうのだ。

愛か恋か友情か。

あるいはもっと別の何かか。

はたして昨日即興で作った短歌は、具体的にどの言葉を当てはめるべきものだったのだろうかと。

「ちょいちょい」

しかしサンタが苦悩の沼に沈み込もうかとした瞬間。

昨日と同じように、二回ほど肩を叩いてくる人物があった。もはや手つきでわかるが、振り向いた先には詩織がいる。その人は混乱の最中にある三名の視線を一身に受けながら、それでも涼しい顔をして笑っていた。

「いいですか皆さん。不肖この藤原詩織、皆さんの態度にとっても気分を害しました。私だけ蚊帳の外なんてさみしいです」

「いや、この上さらに詩織さんまで首突っ込んできたら絶対話まとまらないんですけど」

「それは私を甘く見すぎというものです。怒った私は怖いんですから」

「というと？」

「お嬢様、顕広様。これなんだと思います？」

「なんだその紙切れは……。が、願書、だと……？」

「えっ、まさか……」

「そのまさかです！　いいですか皆さん。これは私が先日こっそりと取り寄せておいた、大谷さんの高校の願書です。もちろん、お嬢様が受験するためのもので、保護者の署名捺印済み」

「ど、どうしてそんなものを詩織さんが？」

「いい質問ですね、大谷さん。それはつまりこういうことなのです。まずお嬢様」

「は、はい」

「お嬢様がここでひとつだけ譲歩して顕広様の解釈を受け入れるのなら、藤原はお嬢様の味方です。この願書は私が責任をもって申し込んでおきます」

「え、だけどそれは先輩のことは諦《あきら》めろってことですか……？」

「今だけの辛抱です。それともエスカレーターで白樺の高等部に行きたいのですか？」

「でもでも……せっかく昨日あんな歌をもらったのに……」

「わかります。その気持ちも痛いほどわかります。ですが想像してみてください。春になって高校生になったお嬢様は、窓際の席で校庭を眺めている。そしてひらひらと桜が舞い散る視界のなかに、ふと大谷さんがご友人たちと歩いている姿を見かけるのです。それに気づいて、小さく手を振るお嬢様。大谷さんは照れてしまって、気づかないフリをしながら行ってしまう。けれどそんな背中をじっと眺めていると、お嬢様にだけ伝わるような小さな仕草で合図を送ってきてくれる——そんな光景を！」

「…………有りですね」

「しないからな、そんなこと」

「それともまた別の日のことも想像してみましょうか。たとえば季節は秋。釣瓶落《つるべお》としと言われるくらい日が落ちるのが早い時季。お嬢様は慣れない委員会のお仕事で、帰りが遅くなってしまうのです。すっかり冷えてきた空気に身震いして、誰もいない下駄《げた》箱を早足に抜けていきます。すると校門を出たところに、コートを着た大谷さんが不機嫌そうに待っていて——」

「……駆け寄ったスクイを見て、手袋くらいしろよってちょっと怒ってくれるともっといいです！　仕方ねえなって言いながら、その後でスクイの手を自分の手と一緒にコートのポケットに入れてくれて——！」

「そうですそうです！　さすがお嬢様、よくわかっていらっしゃる！」

「勝手に人のことを変なキャラにするのやめてもらえます？」

もしかしてスクイの想像力が妙に豊かなのは、半分くらい詩織のせいなのではないだろうか。

サンタがそう邪推《じゃすい》してしまうほど、詩織はその後もあらゆる妄想を喚《わめ》き散らしてスクイの決意を削いでいった。

「それにお嬢様。今回は身を引くということは、いずれ昨日よりももっとすごい歌がもらえるかもしれないということでもあります」

「はっ……！」

そして極めつけはこの台詞だ。トドメとばかりに繰り出された殺し文句によって、スクイから抵抗する気力は完全に失われたようだった。今や詩織が吹きこんだ夢色の妄想に完全に呑《の》まれていて、もはや現実ではない別のところに視線をさまよわせている。

「さてお嬢様。私のプレゼンは以上ですが、あらためてここでお聞きします。昨日の大谷さんの歌は、どういった性質のものだったでしょうか」

「はい。あれは……親愛の歌でした。深い想いこそ込められていたものの、恋人に贈る歌としては全然足りなかったです。お爺ちゃんの言うとおり……」

「よくできました」

かろうじて友情ではなく親愛としたのは、スクイなりの最後の抵抗だったのかもしれない。とはいえスクイにまでそう言われてしまっては、サンタとしてはもう悩むどころの話ではなくなってしまった。そうとしか伝わっていないのなら、それはそういう歌なのだ。

「待て藤原。一人で満足気にしているみたいだが、そんなのを儂が受け入れる道理がどこにある。だいたいその願書とて、得意の偽造か何かではないのか？」

「ふっふっふ。お忘れですか顕広様……！　先日お嬢様の進路希望調査書のご報告をさし上げた際に、内部進学以外の道もあると私がご提案していたことを。新たな環境に身を置くことで、お嬢様が停滞を打ち破るきっかけになるかもしれないと言ったとき、それもひとつの手であるなと印鑑使用の許可を下さったのは顕広様です」

「ぬ、ぬぅ……」

「それに顕広様にとっても、これは悪くない話なんですよ。だって一旦《いったん》時間を置くことで大谷さんに想いを寄せる別の女性が現れて、結果的にお嬢様が護られるかもしれないのですから」

「ほう……？」

「えっと、どういうことっすか？　俺、人生でそんなモテた時期って今までないんですけど」

「うふふふふ。ときに大谷さん。つかぬことをお聞きしますが、私の顔、タイプですよね？」

「は？　何を言ってるんですかこんなときに」

「ま、まさか藤原、あなた……！」

「え、何。どういうこと？」

「いえ実はですね。私この前、大谷さんの学校の野球部の方にお会いしてきたんです。うちのお嬢様に粉かけようとしてる悪い男がいるから、どんな人なのか教えてくださいって」

「は、はあああ？　何やって――」

「そうしたらびっくり。悪い話なんて全然出てこなくて、見直してしまいました。いい仲間をお持ちなんだなって、ちょっと感動しちゃいました。わかったことといったら、大谷さんが普通にいい人だっていうこと。それからチームフォーティーンっていうアイドルグループの、レイナちゃんっていう子のファンだっていうこと。それくらいしかありませんでした」

「ちょ――」

まったく思いがけない、完全に無警戒の方角からの不意打ちに、サンタは言葉を失った。

フォーティーンは若者に人気のアイドルグループで、たしかに野球部の中でも誰が好きとかいう話題になったことは何度かあった。だがそんなのがここにきて牙《きば》をむくなんて、どこの誰が考えるだろう。

そしてフォーティーンのレイナという人物にそっくりの女性が、すぐ近くにいるという状況もまた、当時は絶対に想定しえないことだった。

「ね、大・谷・さん?」

そんなサンタの後悔を知ってか知らずか、詩織はこれ以上ないくらい純度の高い笑顔を作って、頭を左右に揺らしていた。そのあざとさはもはやアイドル顔負けで、気を抜けば見惚《みと》れてしまいそうなほどだった。

そう。何を隠そう詩織こそが、そのアイドルと見た目がそっくりなのだ。

「ふはははは。それはそれは……」

顕広は目の奥にぎらりとした光を滾《たぎ》らせながら、いいことを聞いたとほくそ笑んだ。

「祖父さん、なんで若者向けのアイドルグループなんて把握してんだよ！」

サンタはそれを見て思わずツッコむ。

だがそんなのよりも危険極まりない声が、すぐ隣から聞こえてきていた。

「へえ……先輩って、こういうタイプが好きだったのですね……」

「いや、まあ……アイドルの中で誰が好みとか、男子の中じゃよくある普通の全然大したことない軽めの話題だからな？」

「へえ……ふぅん……あははは……」

「いや怖いって。つーかさ、アイドルの好みと現実での好みが一致するとは限らないだろ？」

実際それはサンタの正直な気持ちであり、スクイだけじゃなく世界中の女性に理解してもらいたい事実でもあった。

だいたいサンタがレイナ推しだというのは、誰かが持ってきた雑誌の写真を見て好みを選んだだけで、普段からそのグループを追ったりグッズを買ったりしているわけではない。何曲か歌は知っているし、顔を見れば可愛《かわい》いなと思うのは事実だが、恋愛対象としての好きとはやはり違うのだ。

それをなんとかきちんと説明しようと一瞬考えこんだところで、またしても爆弾を降らせてくる悪魔が動いた。何もかも、詩織の手のひらの上で転がされているような気がした。

「でも大谷さん。私も好きですよ」

「え、ああ。レイナちゃんですか。あ、そっか。それで詩織さんはそんなに寄せてるっていうか、瓜二つなくらいそっくりなんですね」

「いえいえ、違いますよ。私が好きなのは、貴方。大谷さんです」

「は？？？」

思考がまとまらない。サンタは思わず固まって、隣のスクイも冷温停止した。と思いきや、そっと重ねられていた手に、どんどんと力がこもってくる。

「たっ、いたたた、痛いっておい」

たまらず声をあげるが、今はそれどころじゃなかった。なにしろ目の前の女性は、決して冗談で話をしているわけではないのがわかってしまったからだ。

「ということでここで答え合わせです。ずっと冗談めかして言ってましたが、実は私、わりと本気でひとめぼれしちゃってました。てへ☆」

「かっ、可愛く言ったってダメなのです……！　先輩はスクイが先に──」

「ちなみに顕広様。私と大谷さんの交際だったらいかがですか？」

「うむ。それならすべて認めよう。後見人として新居の手配くらいはすぐに整えてやるぞ」

「ありがとうございますっ☆」

「ずるいですよ、そんなのないですし！　ほら、先輩も何か言ってやって──」

「新居だそうですよ、大谷さん。新妻の私、見たくないですか？」

つかつかと歩いてきた詩織が、サンタの耳元でふっと囁《ささや》く。それでいよいよ頭がパニックになって、サンタは突然立ち上がった。

なんて恐ろしい人だろう。

この人ははじめからここまで計算していたのだということが、直感的にわかってしまった。第一詩織は昨日言っていたではないか。家族みんなが幸せになる策略なら存分にやると。

「ひ、ひとつ教えてもらいたいんですけど、詩織さん」

「なんなりと」

「詩織さんって、自分を涼風家の一員だと思ってますよね？」

「あら……うふふふふ。いい質問ですね、大谷さん。答えはもちろん、イエスです！」

「でしょうね……」

つまり詩織は、名目上雇われの身だからと言って、自分の幸せを諦めるつもりなんてさらさらないということだ。

スクイは長年の悩みが解決してハッピー。

顕広は孫の成長を見届けることができてハッピー。

そして自分は彼氏ができてハッピー。

はじめからそういう青写真を描いていたに違いないのだ。

サンタは恐れおののいて、いっそ尊敬にも近いまなざしで詩織を見た。

その計画性と実行力には目を見張るものがあった。

このまま彼女の近くにいたら、自分も当たり前のように籠絡《ろうらく》されてしまうという恐怖すら覚えた。

「スクイ！」

「はっ、はい！」

「逃げるぞ！　手離すな‼」

「え、あっ――はい‼」

身の危険を感じたサンタは、スクイの手を取りながら部屋を飛び出した。最後に見えた視界の端では、走り去っていくサンタたちに詩織《しおり》がにこやかに手を振っていた。あまつさえ、「がんばれ～」という声までもが背中に届いた。

まったく意味がわからない。わからないが、これからもこの屋敷の人たちに振り回されるだろうことだけは、もはや疑いようのないことだった。

「は、ははっ」

思わず笑いがこみあげてくる。

スクイと手をつなぎ、一気に屋敷を飛び出して、二人はいつの間にか笑いあっていた。

頭広も詩織もわからないし、未来のことはもっとわからない。

しかし自分が固く握りしめている小さな手。

大したことない握力で、力の限り握り返してきてくれている涼風救という女の子。

お互いにとって相手がどんな存在であるかは、これから探っていけばいい。けれどお互いにこの手を放すことがないことだけはわかりきっていて、二人は正面の門を目指してまっすぐに走っていった。

きっと今の自分たちなら、どんな困難も絶対に大丈夫だという確信があった。

あとがき

はじめまして、畑野《はたの》ライ麦《むぎ》と申します、この度は本書をお手に取っていただき誠にありがとうございます。

早速ですがまずは謝辞を。

素晴らしいイラストの数々で、キャラクターや作品に彩りとかたちを吹き込んでくださった巻羊《まきひつじ》様。またGA文庫大賞は今回からキャラクターボイスが付くということで、ヒロインであるスクイのボイスを担当してくださった小原好美《こはらこのみ》様。

お二方のおかげで、キャラクターの解像度や存在感、魅力といったものの次元が跳ね上がったと感じています。ラフイラストや完成稿を頂くたびに、告知動画でお声を拝聴するたびに、キャラクターが作者の手を離れて成長していく喜びを感じておりました。本当に心から感謝しています。

担当のさわお様、ならびにGA文庫編集部の皆様。右も左もわからなかった私に的確なアドバイスをくださったり、おかしな質問にも快く答えて頂けたりと、出版までのあいだずっと救われていました。本当にありがとうございます。

また紙面の都合上ここには書ききれませんが、応援イラストを描いてくださったイラストレーターの皆様、デザインや校閲、営業など種々《しゅじゅ》の業務に携わってくださった皆様、その他多くの協力者様。本作が完成するまでの過程で、本当に多くの皆様の助力があったことを見てまいりました。皆様のおかげで完成した本だと真剣に思っています。この場を借りてお礼申し上げます。

そして最後になりましたが、何よりもこの本を読んでくださった読者の皆様。本当にありがとうございます。

はたしてお楽しみいただけたのでしょうか。何かしら心に残ったものはありましたでしょうか。

作中のキャラクターたちは短歌でそれぞれの心情を伝えていましたが、同じように私もこの一冊を通じて皆様に何かが伝わればいいなと思って書いていました。インスタントな伝達手段が発達した現代において、こんな迂遠《うえん》なコミュニケーションがあっていいのかと少し悩んだりもしました。もし何かが届いていましたら、どこかにこっそり感想や返事などを書き記して頂けたらうれしいです。きっと探し出して見にいきたいと思います。

まずはと前置きしたわりに、残念ながらほとんど謝辞だけで紙面が尽きてしまいました。書ききれなかった分については、別の機会に回そうと思います。いつかまたそこで皆様に再会できることを祈って。

畑野ライ麦

ファンレター、作品の
ご感想をお待ちしています

〈あて先〉

〒105-0001
東京都港区虎ノ門2-2-1
SBクリエイティブ（株）
GA文庫編集部 気付

「畑野ライ麦先生」係
「巻羊先生」係

本書に関するご意見・ご感想は
右のQRコードよりお寄せください。

※アクセスの際や登録時に発生する通信費等はご負担ください。

https://ga.sbcr.jp/

恋する少女にささやく愛は、みそひともじだけあればいい

発　行　　2024年7月31日　初版第一刷発行

著　者　　畑野ライ麦
発行者　　出井貴完

発行所　　SBクリエイティブ株式会社
〒105-0001
東京都港区虎ノ門2-2-1

装　丁　　木村デザイン・ラボ

印刷・製本　中央精版印刷株式会社

ISBN978-4-8156-2629-7
Printed in Japan　　GA文庫